Le Sage et la soumise

Récit

TABOU ÉDITIONS
91490 Milly-la-Forêt, France

1.1500.CP.02/15

TABOU ÉDITIONS est une marque éditoriale des Éditions de l'Éveil.

Imprimé en UE par Color Pack
Dépôt légal : 1er trimestre 2015
ISBN édition papier : 978-2-36326-037-6
ISBN édition numérique PDF : 978-2-36326-607-1
ISBN édition numérique Epub : 978-2-36326-583-8

Préface

Êtes-vous prêts ?

Êtes-vous prêts à entrer dans le sanctuaire du maître, là où, derrière les lourdes tentures, sourdent les notes gémissantes, les plaintes lascives, les soupirs impudiques de créatures se confiant aux soins du chef d'orchestre de leur jouissance ? Êtes-vous prêts à entendre le cinglement du fouet rythmant cette course folle vers l'absolu du plaisir ?

Êtes-vous prêts à écouter attentivement le don qu'une femme fait de son âme, de son corps à l'homme qui sera son guide ? Êtes-vous prêts à apercevoir toute la profonde dévotion et l'amour que cet homme vit pour cette femme qui sera sienne, le temps de leurs jeux amoureux, extatiques, le temps de leurs retrouvailles gémellaires.

Parce que le maître et la soumise ne font qu'un. De cette dialectique lacanienne naît un équilibre étrange qui frôle la limite, celle de l'impensable, celle qui ouvre un océan de possibles : ceux de la réalisation enfin possible de ses fantasmes les plus enfouis, les plus exquis, les plus sombres aussi, la voie de la transmutation du plomb en or. Oui, monsieur Le Sage est un alchimiste. Il transforme les pensées à peine effleurées de sa belle soumise en réalité, déclenche ses tempêtes jubilatoires, nous entraîne dans sa course passionnée vers le plaisir. Il soulève le voile, pudiquement, du théâtre de ses jeux. Par son regard, le simple parking se transforme en lieu de plaisirs intenses, orgiaques, la promenade en bord de mer devient la scène d'une course éminemment sensuelle, une salle de cinéma s'embrase d'une frénésie copulatoire.

Qui n'a jamais rêvé d'être en lieu et place de la pulpeuse Epolas se pavanant au milieu de beaux mâles et susurrant les merveilleuses qualités du diamant ? Qui n'a jamais frémi à l'idée qu'une courtisane attentionnée réalise ses moindres envies ? Qui n'a jamais fantasmé une rencontre absolue avec un autre être, une rencontre où rien n'aurait besoin d'être dit, une rencontre où l'un et l'autre seraient dans une osmose parfaite ?

Il est des êtres qui vous transforment lorsque vous les rencontrez. Il est des êtres qui, par leur regard, vous font percevoir le chemin de vos désirs. Il est des êtres qui vous font découvrir votre richesse intérieure. Monsieur Le Sage fait partie de ces êtres-là. Parce qu'il incarne cet hédonisme lumineux, cet éros léger que Michel Onfray raconte délicieusement. Parce qu'il libère l'âme de son esclave, parce qu'il en transcende sa féminité. Parce qu'il est, simplement, et qu'il ouvre ici son cœur et son âme pour partager des moments de vie, de sa vie de maître, dédiée à l'art équilibriste de la domination.

Ne vous y trompez pas : ces deux êtres-là s'aiment. Ils s'aiment d'un amour vibrant, pétillant, brûlant, enragé parfois, mais ils s'aiment.

Maintenant elle me rejoint deux jours par mois, avec l'accord de son mari, qui adore écouter les grands moments de domination racontés par son épouse.

Maxime s'y trouve très bien, son exclusion n'est qu'apparente. Je me demande même si ce n'est pas une façon d'extrapoler sa sexualité débordante.

Elle a pour habitude d'arriver à Paris le vendredi soir pour repartir le dimanche matin.

(suite du *Journal d'un maître*)

Les jeux sexuels que je dévoile ne sont que la terminaison d'une séance de domination.

La porte métallique s'ouvre en émettant un léger grincement.

Des pas résonnent au rythme des marches d'escalier, délicats. Les talons aiguilles martèlent délicatement la pierre ancestrale de l'escalier qui s'enfonce dans la pénombre de la Cave. Les cliquetis se font plus hésitants et annoncent leur arrivée aux portes du donjon. Mon œil, habitué à l'obscurité, pressent déjà leur présence charnelle et le lourd rideau pourpre, dissimulant la salle des tourments de ces dames, vibre enfin par le courant d'air que provoque leur corps.

Epolas et Marie, la démarche éthérée, joyeuses, une bouteille de dom pérignon portée à bout de bras par Marie, arrivent, menottées l'une à l'autre comme des jumelles point encore séparées.

Je libère leurs poignets rougis des lourdes menottes US et les prie de bien vouloir s'installer autour de la table basse pour déguster en ma compagnie ce champagne fièrement gagné cet après-midi. Un bref silence s'installe. Je vois un doux épanouissement irradier leur visage.

Je les questionne précisément afin de vérifier si « le contrat » a été correctement exécuté. De suite, elles me confirment qu'elles ont obéi à mes attentes. Marie a sucé l'inconnu, Epolas s'est fait royalement baiser, offrant son corps comme une véritable putain.

Je m'empare d'Epolas afin de la faire descendre dans la salle du donjon, la déshabille rapidement et l'attache fermement à un poteau du portique. Elle a le cou serré par une épaisse corde noire, le buste enlacé solidement par un autre cordage, les mains liées en arrière, les jambes ligotées jusqu'aux chevilles et les yeux bandés.

Je vais chercher Marie et l'attache de la même façon, face à Epolas, toujours en miroir. La brune et la blonde. « Tirez vos langues, petites salopes », leur dis-je. J'accroche à chacune d'elle une pince et les relie par une petite chaîne argentée et je continue mon travail d'orfèvre. Pinces aux seins, puis aux grandes lèvres du sexe et, pour agrémenter le tout, je pose des poids sur ces chaînes, de plus en plus lourds, jusqu'à entendre leurs petits gémissements. Mon travail est subtil car si l'une bouge, l'autre souffre... Puis l'outil magique sur le clitoris de Marie, qui la fait jouir brutalement, fait bouger les chaînes, entraînant ainsi la souffrance d'Epolas. De la domination en chaîne en quelque sorte. La pince à la langue déforme les cris de jouissance qui mettent la soumise dans un état proche de l'évanouissement, sa bave coulant abondamment le long de l'outil. Je me tourne vers Epolas. Elle va subir la même opération.

Son corps se met à trembler, elle essaie de résister à l'orgasme et, d'un seul coup, succombe au plaisir. Elle hurle et se débat dans les cordages... les chaînes se balancent. À nouveau, Marie crie de douleur et de bonheur, les tétons étirés aussi fort que les lèvres de sa chatte. Insupportable et succulent. C'est de la folie pure... deux petites salopes déchaînées.

Deux jours par mois, Epolas me rejoint dans mon antre, avec l'accord de son mari. Il aime entendre le récit des temps de domination que je fais vivre à sa compagne et qu'elle est tenue de lui décrire en détail.

Très souvent, je vais la chercher à la gare, mais j'évite les habitudes. Il m'arrive de lui faire des surprises, comme le dernier week-end. Cette fois, je lui téléphone trente minutes avant le départ de son train afin de lui donner l'ordre de venir sans aucun bagage, nue sous son manteau noir, juste sa carte d'identité en poche, vingt euros et son billet de train. Bien évidemment, en parfaite soumise, elle exécute mes ordres.

Dix minutes avant son arrivée, je lui téléphone. « Epolas, vous allez vous rendre dans le parking de la gare. Au quatrième sous-sol, sur votre droite, place n° x, un Renault Espace vous attend, la porte latérale est ouverte. Vous allez fermer la porte et retirer votre manteau. Ainsi, après avoir mis votre bandeau, vous vous mettrez en position de levrette. Vous n'aurez plus qu'à obéir. Bonne baise, madame, je vous attends dans ma Cave », lui dis-je. Elle rétorque subitement : « Mais monsieur ! Vous ne venez pas me chercher ? » « Non, madame » et je raccroche de suite.

Je suis dans la gare avec mon ami, propriétaire du véhicule. Nous attendons le train, cachés derrière le kiosque à sandwiches. Le train est à l'heure, la longue file des passagers passe devant nous. L'attente est longue. Finalement, je la distingue au loin, les bras ballants. Il est vrai qu'une femme sans sac n'est pas une femme. Et pourtant, elle est belle, dans tout son naturel, une beauté sauvage qui s'érige en proie. Elle passe à quelques mètres de nous. Sans se douter qu'elle est observée scrupuleusement, son visage est tendu et elle marche d'un pas serré pour éviter que son manteau ne s'ouvre trop.

Nous nous plaçons dans son sillage avec beaucoup de précautions, tels deux agents en mission secrète. J'avoue que ces moments sont exceptionnels et intenses. Epolas traverse la gare en direction du parking, puis se dirige vers les ascenseurs bondés. Une chance car cela nous permet de prendre la voie la plus rapide et la moins convoitée : les escaliers.

Il ne reste plus qu'à nous cacher dans ma voiture située à quelques mètres de là. L'attente est à nouveau longue et je m'inquiète. Pourvu qu'elle ait bien compris le numéro de l'étage et celui du parking. Je donne les dernières recommandations à Claude, la porte de l'ascenseur s'ouvre, il y a au moins dix personnes. Et moi qui croyais le dernier sous-sol calme ! Enfin ! La majorité se dirige de l'autre côté. Epolas a un temps d'hésitation, repère le lieu puis se dirige vers le véhicule, ouvre la porte latérale, s'engouffre à l'intérieur et sans perdre de temps, retire son manteau. Elle regarde autour d'elle puis ajuste le bandeau. En se mettant à genoux, elle disparaît de notre champ de vision. Elle est seule. Les yeux bandés. Simplement avec pour fond sonore les messages anodins de la gare et le bruit des pas dans le parking.

Mon ami est impatient de la rejoindre. Je lui en donne l'autorisation. Il sort discrètement de mon véhicule pour se rendre sur le lieu de débauche. Je le suis à pas de souris et me cache derrière une voiture. Il ouvre délicatement la porte de la Renault Espace. J'aperçois ma belle soumise, nue, à genoux, les cuisses légèrement entrouvertes comme je le lui ai appris. La porte se referme. Mon ami se déshabille entièrement. Quelques minutes passent, le temps qu'il enfile un préservatif et la voiture se met subitement à bouger latéralement. Il a ordre de la sodomiser puis de la baiser à fond, pour terminer par une éjaculation sur son ventre. Sa mission terminée, il doit disparaître sans lui avoir adressé un seul mot pour que je puisse alors lui faire la surprise de la récupérer.

Je retourne dans ma voiture et l'attends tranquillement durant une vingtaine de minutes. Le contrat respecté, l'homme s'éloigne tranquillement vers les ascenseurs. Je rejoins ma soumise, à la fois étonnée et contente de me voir, appréciant en plus le rouleau de sopalin que j'ai pensé à lui apporter.

Elle se rhabille rapidement, juste son manteau à enfiler. Nous nous dirigeons vers ma voiture et nous prenons la direction de la Cave. En chemin, elle me confie :

– Je pense que je suis une salope, monsieur, ou plutôt que c'est vous qui me rendez salope. L'inconnu m'a profondément enculée, ensuite défoncé la chatte, puis il a joui sur mon ventre de sa semence épaisse et blanche. Mais je suis étonnée qu'il ne m'ait pas demandé de le sucer.

– Je vous informe, madame, qu'il n'en avait pas l'autorisation. J'espère que vous êtes en forme, Epolas.

– Oui, monsieur, me dit-elle en souriant.

Nous descendons les quelques marches du donjon. Je lui demande de se déshabiller et de mettre son bandeau sur les yeux. Je la fais entrer dans la pièce principale. Mozart l'accueille à bras ouverts par une magnifique sonate dont il est le seul à détenir le secret. Je la dirige face au lit à baldaquin où l'attend un joli présent. Ce lit imposant qui, par sa seule présence, provoque de nombreuses envies. Elle est nue, les bras dans le dos. Je règle une dernière fois l'éclairage car j'aime peaufiner les détails qui peuvent paraître banals. Tout doit être parfait et la surprise totale !

⚜

Me postant derrière elle, je l'observe attentivement, laissant glisser mon regard de sa nuque vers son dos et sa croupe légèrement ouverte sur son intime beauté. Je la sens tel l'animal qui sommeille en moi. J'emplis mes poumons de son odeur suave, légèrement teintée par le souvenir transpirant de son visiteur inconnu, et mêlée au parfum de ses cheveux s'écoulant en cascades, présage de fous moments que je projette pour elle. En silence, je fais délicatement glisser son bandeau noir pour offrir à son regard le présent que je lui ai préparé : un bagage débordant de vêtements : des jupes s'entremêlent, de textures et de formes variées. Le cuir voisine avec le coton sans complexe et çà et là apparaissent des porte-jarretelles étirant leurs attaches excitantes, parfois voilés par des bas à la soyeuse peau, le tout s'exhibant dans des quantités affolantes pour arracher à ma petite soumise un soupir d'émerveillement.

Tous des habits que j'ai choisis avec soin pour elle. Sa taille est fine, son corps est superbe. Habillée, je sais qu'elle sera plus excitante que jamais. Raffinée mais sexy. Je lui ai même ajouté une paire d'escarpins à hauts talons. Elle sera parfaite, j'en suis plus que certain.

Epolas a un visage plus qu'émerveillé. Elle n'en croit pas ses yeux. Elle me demande quand elle pourra les essayer. Elle s'impatiente telle une petite fille devant une montagne indécente de friandises.

Elle s'émeut même de tant d'attention pour elle.

Voilà, madame. Je vous ai fait venir uniquement vêtue de votre manteau. Et comme ce soir nous sortons, il était donc de mon devoir de vous habiller pour vous montrer de façon décente et alléchante. Elle me remercie, droit dans les yeux. « Je suis trop heureuse », me souffle-t-elle. Elle commence ses essayages. Les jupes d'abord qu'elle fait glisser le long de ses hanches gracieuses, les chemisiers ensuite qui effleurent ses seins telles des mains invisibles. Elle se dépêche d'essayer les chaussures. Je la laisse choisir. J'admire sa joie puérile. Devant moi, elle met ses bas, très doucement. Elle les remonte jusqu'au-dessus de ses cuisses. Ses jambes sont d'une finesse incroyable.

Ensuite, elle met les chaussures. Quelle silhouette ! Elle décide de mettre une minijupe en cuir noir. Par-dessus, un chemisier col en V noir aux manches trois quarts laissant apercevoir sa poitrine attirante. D'un geste, elle coiffe ses cheveux, rajuste son maquillage et met sa veste. Tout est simple mais délicat, raffiné, sobre et distingué. Je suis fier de sortir avec elle ainsi. Son élégance naturelle attirera de nombreux regards d'envie, je le sais. Avant de partir, nous trinquons à sa venue à Paris. Je relève sa jupe et lui passe autour de la taille une chaîne que je veux très serrée. Une contrainte. Je veux qu'elle sente ma présence sur sa peau.

Nous sortons.

Le ciel nocturne déverse ses nuées grises. Je lui propose de prendre un taxi. À peine montés dedans, nous nous y sentons directement protégés et à l'aise. J'aime le taxi. C'est un moyen de transport rapide et sûr. La ville est illuminée de mille lumières dans cette nuit déjà bien profonde. Le ronronnement du moteur nous berce dans nos rêves les plus secrets. Il arrive qu'un chauffeur accepte de devenir mon complice et dans un clin d'œil, je sais qu'il accepte de m'aider dans le jeu que j'ai mis en place. Mais pour une fois, pas question de jouer. Je demande à notre chauffeur de nous déposer au X, rue Faussés Saint-Marcel, une boîte de nuit incroyable. C'est un endroit fabuleux et glauque à la fois, fréquenté par le Tout-Paris, des plus jeunes aux plus âgés, des plus beaux aux plus laids. La propreté du lieu est irréprochable et le personnel est extrêmement professionnel. Les menus sont sans prétention mais servis avec le sourire et les vannes de routiers. Un lieu encore inconnu d'Epolas.

À vingt heures trente, nous arrivons sur le pas de la porte d'entrée. Je l'arrête et lui demande de baisser la tête afin de lui bander les yeux. Elle qui pensait danser, je la ramène au jeu que j'ai décidé pour elle.

Devant le bar se trouve le vestiaire. Ce bar est bondé, plein de clients sont venus y boire un verre tout en discutant. Devant eux, je la déshabille entièrement, laissant à sa taille la chaîne dont je l'ai entourée chez moi. La plupart des personnes sont interloquées. Elles se demandent ce qui se passe. Epolas ne voit pas leurs visages médusés mais elle peut entendre la variation du brouhaha provoquée par son impudique beauté.

...Je descends ma petite soumise au sous-sol de l'établissement et la mène dans une toute petite pièce froide où est installée une table-lit. Je guide Epolas vers l'autel sur lequel sera sacrifié son honneur, pour son plus grand plaisir d'être ma chienne. Voilà enfin ce moment tant attendu. J'en frissonne déjà.

La solennité ambiante sera le marqueur irréversible de son baptême. Epolas, déesse des profondeurs abyssales de ses fantasmes que j'ai l'honneur de dominer. Telle une Vénus sortant des flots de foutre, je la projette déjà, irradiant de cette force sauvage.

À ma demande, elle se penche légèrement afin de laisser libre accès à son sexe brillant d'excitation. Elle appuie son buste sur la table-lit et attend anxieusement que lui soit révélé son futur cadeau. Des murmures se font plus denses et les messieurs trouvent le chemin de cette scène de débauche à venir, tels des mâles attirés par l'appel du sexe. L'ambiance, de froide qu'elle était, devient bientôt moite. Cette pièce transpire d'hormones. La voilà emplie de curieux et de vicieux. Et je leur dis : « Messieurs, que le premier qui bande commence et se serve ». Ils commencent à hurler un à un. Ils veulent tous la prendre. J'appelle les candidats et me mets à observer leurs grosses bites avides de la chatte de ma putain. J'en choisis un. Il est jeune mais plus très frais. Il sent l'alcool. Je lui dis: « Toi, mon ami, prends-la comme une salope, comme une vraie salope, défonce-la, elle est là ce soir pour que tu prennes ton pied. Alors profites-en bien ». Je lui tends un préservatif qu'il enfile rapidement. Je m'avance vers le deuxième candidat. Un coup d'œil rapide vers Epolas me permet de surprendre un frisson qui raidit tout son corps à l'approche cavalière de son étalon aviné. Epolas hurle de plaisir comme une bonne petite chienne, il la défonce comme jamais.

Il l'insulte, Epolas gémit de plus belle. « C'est qu'elle aime ça cette salope », lui dit-il. Tout autour, les voyeurs se sont amoncelés. Je rajoute : « Allez-y messieurs, proposez-vous comme candidats, ce soir vous avez de la bonne chair fraîche gratos. Venez vider vos couilles, elle ne demande que ça ». Le baptême s'intensifie, tous se trouvent des velléités de prédicateurs du sexe.

Tout en choisissant mon deuxième bandeur, je fais le tri et élimine les candidats inaptes à remplir mon contrat. Dans cette effervescence, je joue également le rôle du policier. Un seul à la fois la touchera. Les quelques femmes qui sont encore à l'apéritif rigolent moins. Elles savent qu'elles ne seront pas la vedette de la nuit et en font rapidement la déduction. Une très belle femme qui fait un gang et qui aime les grosses bites, en début de soirée, est une vraie catastrophe pour elles. Elles sont dépitées et jacassent entre elles sur Epolas en critiquant son corps ou le moindre détail qui à leurs yeux fait qu'elle ne soit pas une femme « propre ». Se donner en spectacle ainsi, quelle honte...

Mais voilà bien une énigme pour ces femmes qui n'osent aller regarder honnêtement leurs fantasmes les plus inavouables. Elles sont terrorisées de voir s'étaler sous leur regard envieux une femme dans toute sa splendeur qui assume enfin ce qu'elles tentent vainement de cacher. Je suis fier de ma petite soumise qui s'aventure dans les chemins tortueux de ses pensées de catin.

Il est vrai que ma petite chienne est la Reine de la soirée, la Reine des Salopes. Elle en possède même le titre pour moi. Je la vois prendre son pied, jouir rapidement, se faire enculer, enserrer les bites de sa bouche gourmande, se faire empaler en un tour de main. Je scrute ses jolis seins en mouvement, ses tétons durcis, son plaisir sur ses lèvres, gorgées de bonheur. Et de trois, et de quatre... tous ces inconnus qui la baisent à cœur joie. Elle passe par tous les styles : du plus brutal au plus vicieux, du plus beau au plus laid. Tous se soulagent, tous montrent leur endurance à bander comme des taureaux en attendant de prendre Epolas. Et de quinze, et de vingt. L'ambiance est très chaude. On se croirait dans une arène où les lions ne se tiennent plus. Finalement, je décide d'en finir. « Terminé messieurs. Je crois que vous avez eu ce que vous vouliez ».

Des protestations fusent çà et là mais je décide de la rhabiller. La pièce se vide progressivement de ces mâles plus ou moins apaisés et l'air devient enfin respirable et s'assainit de l'odeur âcre du sperme et des transpirations hormonales mélangées. Les hommes sont remontés au bar. Nous passons à la salle de bains.

J'assiste à ses ablutions purificatrices pour retrouver l'élégante dans la chienne échevelée. Epolas apparaît devant moi pour la dernière fois, Epolas naît pour mon grand amour. Bientôt elle portera ma marque...

Elle est prête, elle me regarde de son air vicieux. Ce petit sourire en coin me ravit car je sais qu'elle a apprécié ce moment intense. Ses yeux montrent un « merci ». Elle se passe une main dans les cheveux. Des tas de sensations passent devant ses yeux car son regard me fixe. Je lui remets le bandeau. Nous remontons et dégustons à nouveau une coupe de champagne offerte par la maison. Les regards sur elle sont nombreux mais Epolas ne dit rien. Ceux qui ont eu le privilège de la baiser en parlent déjà comme d'un exploit : « J'ai été le premier à bander et à la prendre ». Tout ce brouhaha me rend fier et à la fois m'irrite.

Discrètement, nous nous effaçons pour aller dîner tranquillement dans un petit restaurant parisien plus intimiste. Ma petite soumise doit récupérer.

Sa soirée ne fait que commencer...

Epolas était affamée. Depuis son arrivée, elle n'avait eu aucun répit. L'esthétique du repas n'eut d'égal que la légèreté et la succulence des mets dont nous nous délectâmes.

Le son cristallin des verres venait scander les paroles de ma petite soumise qui déroulait ses pensées et témoignait de ses ressentis lors de ces nouvelles retrouvailles dépravées. J'aime savoir ce qu'elle a aimé, ce qui l'a excitée, ce qui lui a plu ou pas. Ces moments sont importants pour nous deux. Ils lui permettent de se réapproprier son vécu, de mettre en formes et en images les sensations parfois violentes qu'elle vit et qu'elle recherche. J'aime l'entendre ainsi, se dévoilant face à son guide, et me permettant de vérifier l'adéquation des scenarii que je prépare pour elle, dans lesquels je la fantasme et la modèle comme le sculpteur fait naître de la boue une forme sublimée. Volubile, je la regarde s'exprimer, s'animer au gré des thèmes qui la traversent et je vibre intérieurement du paradoxe entre ce doux moment présent et le souvenir de cette fin de journée : chienne de parking et femme élégante dans ce charmant restaurant.

Il est tard. Je décide de couper court à ce moment pourtant délicieux.

Nous reprenons un taxi et nous rentrons à la Cave. Ma petite soumise a doucement posé sa tête sur mon épaule. Le mouvement du véhicule me fait sentir d'autant plus sa présence. Elle se serre contre moi. Je la sens alanguie au creux de mon corps qui lui sert de refuge. Toutes les forces et la rage de sa soif de jouissance l'ont abandonnée pour laisser place à une douce torpeur que j'accueille dans mes bras bienveillants. Nos corps ne forment plus qu'un dans ce taxi qui nous ramène vaillamment vers notre lieu de repos réparateur.

Toutefois, avant ce temps bénit du sommeil, je réservais encore un cadeau à ma petite soumise. Tout en me laissant aller à ce paisible moment, mon esprit se projetait déjà dans la mise en place de ce nouveau temps et vagabondait dans les images que j'y projetais.

Arrivés au donjon, je stoppe Epolas dans sa marche et, fermement, je lui annonce :

– Voyez-vous, madame, durant toute cette journée, vous avez pris beaucoup de plaisir. Alors, dès à présent, vous allez m'attendre au sous-sol, entièrement nue, avec votre bandeau sur les yeux.

Elle pensait en avoir terminé avec moi. Elle est abasourdie. En soumise gourmande, elle se ressaisit et entame sa descente à la salle des supplices charnels. Elle s'assure de mon regard en tournant vers moi des yeux brillant de désir et d'interrogations. J'observe un bref instant ses hanches qui suivent l'inclinaison des marches et font balancer doucement ses fesses rebondies.

Elle ne se doute pas que je vais lui poser son premier anneau. Je prépare soigneusement mon matériel et descends dans les entrailles de la Cave. Comme je le lui ai signifié, elle est nue, debout, les yeux dissimulés par le bandeau noir qu'elle a choisi. Elle m'attend sans dire un seul mot. Elle est aux aguets, l'attention toute tournée vers ma présence, son corps superbe se raidit et anticipe déjà les plaisirs que je pourrais lui faire endurer. L'aréole de ses seins durcit et amplifie la vision agressive de cette poitrine offerte à la caresse des lanières de mon fouet.

Le silence s'installe. Pas de musique cette nuit.

Je la guide vers la table de chirurgie, l'attache solidement, lui écarte les cuisses et l'excite de mon accessoire démoniaque. Elle se détend rapidement. Ses hanches ondulent au rythme des vibrations que je lui impose. Sa respiration s'amplifie. Présage-t-elle une jouissance telle qu'elle les connaît déjà et dont elle se délecte ? Je ne lui donnerai pas ce plaisir de petite salope qu'elle affectionne tant. Le temps du marquage de ma suprématie sur ses petits plaisirs bestiaux arrive. Sans un mot, je saisis l'aiguille de piercing, et lui transperce le capuchon du clitoris. La douleur fulgurante de l'aiguille et la surprise lui arrachent un cri. Je lui pose son premier anneau, symbole de l'union de son sexe à ma volonté.

Une fois le travail terminé, je la relève et, toute fière, elle se précipite dans la salle de bains pour admirer mon travail et son anneau.

Son bonheur explose littéralement.

– Merci monsieur. Vous me comblez.

– Sachez qu'un jour, je poserai deux anneaux aux grandes lèvres de votre chatte pour pouvoir vous cadenasser.

Elle acquiesce et à nouveau je lis sa joie sur son visage.

Devant le miroir, elle se scrute à présent. Elle veut voir son bien-être. Derrière elle, je l'observe. Son regard rejoint le mien dans le miroir sans qu'elle ne détourne ses yeux. Elle sait que nos jeux sont une fierté pour elle mais également pour moi. Elle est la parfaite actrice de mes jeux vicieux. Et plus je les imagine pervers et plus elle aime.

Les sept heures que j'ai passées avec elle me sont apparues comme un instant. Le point d'orgue de cette soirée en a été le cri d'Epolas, reconnaissant son bourreau des plaisirs et le maître absolu de sa jouissance. Sa présence fait tout. Elle est parfaite. Je lui offre un baiser sur la bouche. Tendrement.

Le lendemain matin, le soleil nous réveille. Epolas a son petit air chiffonné, le corps encore plein d'odeurs, souvenirs évanescents de ses dernières aventures. Nous nous délectons de cette grasse matinée où les doux rayons solaires participent de cette quiétude. Nous allons déjeuner tranquillement ensemble. Je lui demande de se faire très belle car je souhaite qu'elle brille à mes côtés. Je l'imagine altière et séduisante, irrésistible et féminine. Elle retourne dans la valise qu'elle a reçue en cadeau cette nuit et se choisit une jupe moulante noire, ainsi qu'un chemisier blanc. Des bas résille autoportants habillent ses cuisses et ses nouveaux escarpins affinent ses chevilles. Encore une fois, elle est magnifique. Une beauté pure. Son regard est empli d'envies nouvelles, stimulées par le souvenir de la veille que nous évoquons inlassablement.

Pour elle, j'ai trouvé un endroit particulier. Je vais lui faire une surprise qui porte ma marque, ma griffe. C'est un endroit discret. Il s'agit en fait du porche d'un superbe immeuble avec un petit recoin descendant dans une Cave. C'est depuis ce porche que je pourrai facilement l'épier au moment de ce nouveau jeu.

Nous sortons. À pied cette fois-ci. Pour nous aérer, lui dis-je. Le temps est radieux, le ciel d'un bleu parfait. Le vent balaye nos pensées en rafales, annonciateur de nouvelles sensations. Epolas pense que nous allons marcher dans les rues et admirer les vitrines des beaux magasins qui fleurissent dans le quartier. Pour l'assurer dans ses pensées, je me dirige vers un magasin de vêtements pour des soirées très huppées. Je la perçois détendue et toute au plaisir de ce lèche-vitrines improvisé. Cela me laisse le champ libre pour l'amener insensiblement vers le lieu du nouveau jeu que j'ai choisi pour elle. Les magasins se font maintenant rares et elle ne se doute toujours de rien. Nous arrivons face à ce bel immeuble "haussmannien" qui sera le théâtre de sa nouvelle épreuve.

Soudainement, je change de ton. Froidement je lui tends un billet de dix euros. Elle me regarde tout à coup surprise, ébahie. Elle se demande ce qui se passe. Ses yeux sont grands ouverts, sa bouche ne sourit plus. Son attention est toute tournée vers ma volonté, désarçonnée par cette volte-face et ce changement brusque de contexte. Son cœur s'accélère. Je sens la panique l'envahir.

— Avec ces dix euros, vous allez demander à un homme de votre choix la permission de lui faire une pipe en échange du billet.

– Mais je n'oserai jamais !

– Vous le ferez, madame. C'est un ordre.

À la vue de ma détermination et de mon ton autoritaire, Epolas ne s'oppose plus. Elle plie sous l'expression de ma volonté. Je lui montre le porche de l'immeuble et lui indique clairement l'endroit où je vais me mettre pour l'observer et de surcroît assurer sa sécurité. Lorsqu'elle aura choisi sa proie, je me cacherai au fond de la cour. Je l'embrasse rapidement et lui dis :

– Bonne chance ma petite salope. Remplissez votre contrat si vous voulez vraiment me satisfaire.

– Oui monsieur, dit-elle timidement.

Afin de mieux observer son jeu de séduction, je m'installe d'abord sur un banc à quelques dizaines de mètres et observe ma petite pute, elle va et vient sur le même trottoir. Elle se dandine pour accrocher le regard des quelques hommes qui passent. Elle en voit un qui arrive au loin, se dirige vers lui, mais se retire au dernier moment. Elle ne le sent pas. Dans sa tête, elle ne pense qu'à une chose : se débarrasser de ce billet de dix euros qui brûle ses mains. Il faut qu'elle y arrive. L'image de la vraie pute ne lui déplaît pas, mais il n'est vraiment pas facile d'aborder un homme et de lui avouer cela platement. Je l'imagine préparant des répliques en cas de refus du client, ou des explications douteuses en cas de problème. Je la vois soucieuse, peu fière et très hésitante. Elle sait que je l'observe. Elle sait qu'elle doit me satisfaire. Les messieurs sont rares dans cette rue. Chaque homme passé est un échec pour elle. L'endroit est fort calme. Pourtant, un jeune homme vêtu de blanc et très élégant traverse la rue et prend sa direction. Enfin, Epolas l'interpelle. Elle a jeté son dévolu sur lui. Elle veut réussir à faire ce que j'ai exigé. L'homme est étonné, vraiment surpris par tant d'audace de la part d'une jolie jeune femme. Un sourire éclaire son visage. Il est si fier d'être choisi par une belle dame. Alors, il accepte. Le petit couple pénètre dans l'immeuble. Je me précipite dans leur direction et entrevois le jeune homme debout et apparemment attentif à ce qui se passe autour de lui. Epolas s'est abaissée. Elle est à genoux et de sa langue gourmande lèche le pourtour du sexe très bien membré du jeune homme. Sa queue est bien droite. Il est tout excité et voilà que la langue de ma putain s'enroule autour de son gland.

Je retourne sur mon banc attendre ma petite soumise; cela ne dure pas plus de dix minutes. J'aperçois Epolas qui sort de l'immeuble accompagnée de son complice qui a le billet de dix euros en main. Ils bavardent comme de vieux amis. Je les observe d'un œil discret. Ils se quittent avec un regard étincelant.

Epolas fait semblant de rentrer dans l'immeuble et me rejoint dix minutes plus tard. Je lui demande:
– Est-ce que votre client a été satisfait, madame?

Elle me regarde d'un air amusé.

– Oui, monsieur, entièrement! Quand je lui ai expliqué mon envie de sucer sa bite pour dix euros, il a ri, pensant à un canular.

Je lui ai ensuite expliqué que j'avais fait un pari avec ma meilleure amie, prétendant, elle, que je n'oserais pas. Il a donc accepté. Dès que nous sommes rentrés dans l'immeuble, je l'ai sucé sec pour qu'il bande rapidement avant de lui enfiler une capote. En fait, il a éjaculé juste avant, me dit-elle.

– Dans votre bouche ? lui dis-je sur un ton ferme.

– Non, monsieur, bien sûr que non. Heureusement, il m'a prévenu à temps. Son émotion était tellement forte que je m'en suis doutée. J'ai vu que sa semence montait très vite. Alors je l'ai branlé fortement et il a craché sa sève par terre, sans manière et sans retenue. Pendant quelques instants, il a repris son souffle. Il voulait au départ me rendre mon billet de dix euros mais j'ai refusé, lui expliquant à nouveau que cela faisait partie des conditions pour que mon pari soit réussi. Il était encore tout émoustillé et il m'a dit : « À demain, mademoiselle, je passe par là tous les jours à la même heure. »

– Vous savez, Epolas, ce qui est extraordinaire dans ce jeu ? En fait, il va raconter son histoire à son entourage. Ceux-ci vont le prendre pour un vrai mythomane. Son histoire, il ne pourra la raconter à personne. Personne ne le croira.

Et nous éclatons de rire.

– Mon maître. Vous êtes incroyable. Je vous aime. Vous êtes un faiseur de rêves.

Son « je vous aime » est si sincère, si beau que des frissons secouent mon ventre. Elle me regarde de ses grands yeux. Je soutiens son regard. Et nous nous levons. Nous repartons en direction de la Cave, complices comme deux amants que nous sommes également. Nous allons aussi prendre le temps de nous aimer un peu avant qu'elle ne reparte. Sentir sa peau. Lui caresser les cheveux. La pénétrer doucement. Jouir pour elle.

Je l'invite dans un petit restaurant pour savourer un bon repas et notre dernière flûte de champagne. Il me faut la raccompagner à la gare.

Ah, ce regard qu'elle pose sur moi ! Éperdu de désir à l'idée de se séparer et se voilant des souvenirs de ces heures intenses passées ensemble. Mon cœur s'emballe face à la signification de ce train qui vient trancher nos corps, siamois le temps d'un week-end. Se dire au revoir fut un supplice en même temps qu'une promesse. Il le fallait.

Chaque jour, voire même la nuit, le téléphone est un outil de notre relation. Parfois, il m'arrive aussi de dominer Epolas à distance, me substituant à son mari absent pour des raisons professionnelles. Comme ce jour-là. À vingt et une heures, j'appelle ma soumise.

– Dès ce soir, Epolas, vous ne quitterez plus votre téléphone, lui dis-je. Vous allez d'abord vous déshabiller complètement, vous laver et vous irez ensuite vous coucher dans le placard à balais avec votre queue-de-cheval [1] dans le cul.

– Monsieur, jamais je ne pourrai rester dans ce placard toute la nuit. Il est dur et il y fait froid toute nue.

– Ne discutez pas, madame, c'est un ordre. Dans cinq minutes, je vous appelle pour vérifier. Dépêchez-vous !

Et je raccroche.

---

1. La "queue-de-cheval" est un accessoire comprenant une boule d'un large diamètre que l'on enfonce dans l'anus, prolongée d'une vraie queue-de-cheval en crin d'une longueur de cinquante centimètres environ.

Et, bien entendu, je vérifie. Effectivement le bruit est sourd, ma petite salope a même réussi à fermer la porte. Je programme mon réveil pour vingt-trois heures.

Je lui téléphone et elle me répond d'une voix à peine audible car elle dormait profondément.

– À présent, sortez du placard.

Elle obéit machinalement.

Je lui ordonne d'aller dans la cuisine et de boire deux grands verres d'eau fraîche. Je lui demande de retirer sa queue-de-cheval et de retourner dans sa chambre en ayant soin de prendre son gode vibro.

Son lit est magnifique, paré de fer forgé blanc. Il trône dans la pièce. Epolas a un débit de parole très lent. Elle n'a apparemment pas les idées claires. Pourtant, je lui demande de se coucher sur son lit. Je veux qu'elle écarte les jambes le plus possible, qu'elle les glisse dans les barreaux du lit et qu'elle les fasse pendre le plus possible. Je lui fais mettre le vibro en route. Je veux entendre son ronronnement. Elle approche alors l'ustensile du téléphone pour me confirmer qu'il est bien en marche. Epolas le dirige vers sa petite chatte comme la vraie salope que j'aime qu'elle soit. Et qu'elle aime être pour moi. Sa chambre est éclairée, le silence de la nuit me permet de ne percevoir que sa respiration.

Le petit L commence son travail dévastateur. Dans le micro du Bluetooth, j'entends une accélération de son souffle. Pour l'exciter davantage, je lui parle de ce qui l'attend à sa prochaine visite à la Cave. J'imagine son corps se soulevant au rythme de son plaisir en marche. Ses yeux voilés par ses paupières afin d'être tout attentive au son de ma voix. Elle s'abandonne entièrement :

– Je vais faire de vous une soumise d'exception, une soumise sans limites. Vous serez mise à disposition d'un homme de mon choix, attachée par le cou avec une longue chaîne, vous aurez un *plug* dans le cul relié par une chaîne autour de votre taille. Ensuite, je vous coudrai le sexe d'une main experte pour que vous ne puissiez plus avoir de rapport vaginal.

– Oui, monsieur, me souffle-t-elle d'une voix atterrée mais toujours excitée. Mes paroles la transportent peu à peu dans un délire incroyable. Je continue mon discours d'excitation. Ma voix l'hypnotise, l'amène sur le chemin de sa jouissance.

– Vous sucerez sa bonne bite pour bien la faire durcir jusqu'à ce qu'il n'en puisse plus de vous désirer. Une fois votre fellation accomplie, il retirera le *plug* de vos fesses et défoncera votre petit cul déjà bien préparé, bien béant, bien mouillé et qui n'attend que ça !

– Oui, monsieur, j'adorerai !

– Il jouira dans votre bouche de sale petite pute, vous avalerez tout sans laisser une goutte de sperme tomber sur le sol. Voilà, petite vermine, ce qui vous attend.

– Oui monsieur.

Sa respiration est en folie, proche de l'acmé de son plaisir, ma voix la guide dans sa jouissance et j'en joue. J'aime la dominer ainsi à distance. La sensation est plus intense encore qu'en étant présent. Mon imaginaire se fait puissant. J'aime la savoir ainsi à ma merci. Et j'en rajoute davantage.

– Avant de repartir, il vous introduira de nouveau le gode. Et je vous ferai défoncer le cul par sept ou huit godes à pattes. Vous les aimez, n'est-ce pas ? Vous faire baiser par eux ! Puis en seigneur et en maître, je vous fouetterai pour vous châtier. Ils vous pisseront dessus pour vous laver, et vous resterez dans cette pisse puante une grande partie de la soirée et serez mon esclave. Je ferai de vous tout ce que je veux. Tout !

Elle continue à prendre du plaisir à l'unisson de mes paroles.

Subitement, j'ordonne à Epolas d'arrêter le vibro. Elle est dans un état d'excitation indescriptible. Et pourtant, elle obéit. Elle arrête son ustensile, essaye de reprendre son souffle. Et elle reste là, sans rien dire.

Je lui interdis de bouger. Elle se calme pourtant. Rapidement.

– Maintenant, madame, vous allez dormir comme vous êtes, avec les bras en croix.

Ce petit programme susurré dans son oreille se réalisera quelques semaines plus tard. Son cul aura été honoré durant toute la soirée par des godes à pattes soigneusement sélectionnés pour leur appétit sexuel. Ma soumise sera rentrée chez elle les lèvres du sexe entièrement cousues avec l'ordre d'aller se faire découdre chez une gynécologue choisie par mes soins. Et le hasard aura très bien fait les choses...

Je raccroche après lui avoir refusé d'éteindre la lumière.

Une heure du matin. Je la rappelle.

– Vous dormiez bien madame ?

Elle acquiesce d'une voix hébétée.

– Alors debout, esclave et allez boire deux verres d'eau dans la cuisine.

J'écoute le bruit de pieds nus sur le sol. Arrivée à la cuisine, je l'entends, par deux fois, se servir d'eau et déglutir. Ma soumise est vraiment obéissante. Maintenant je lui demande d'aller dans la salle à manger, d'éteindre les lumières, et de rester debout, mains dans le dos, au milieu du tapis, toujours nue.

Je raccroche sans piper mot.

Trois heures du matin.

Mon réveil sonne. Même pour moi, il est difficile de m'éveiller, mais je le fais car l'envie est plus forte que tout.

J'appelle à nouveau Epolas qui décroche tout de suite le téléphone et semble affolée.

– Je vous ai désobéi monsieur, je n'en pouvais plus alors je me suis mise à genoux. Je sais que vous me châtierez car je le mérite amplement.

– C'est certain, madame. Je ne l'oublierai pas.

– Puis-je humblement vous demander une faveur monsieur ?

– Laquelle ?

– J'ai une très grande envie de faire pipi.

Je refuse sans qu'elle ait pu rétorquer quoi que ce soit. Je lui ordonne de retourner dans sa chambre et de se mettre en position de levrette pour dormir. Et je raccroche à nouveau.

Cinquième appel. Il est cinq heures du matin.

– J'espère que vous n'avez pas craqué ma salope.

– Non, monsieur.

– Alors, levez-vous, allez sur le balcon de la salle à manger et allumez la lumière, madame.

Je sais qu'il lui faut ouvrir les volets roulants qui font un bruit infernal et que le balcon se trouve face à un immeuble, séparé par la rue.

– Mais je suis nue monsieur, il y a déjà quelques lumières allumées, et le jour se lève !

– C'est vraiment très bien Epolas, tirez les rideaux, ouvrez la porte-fenêtre, et pissez sur le balcon.

– Oui monsieur.

Devant elle, le matin arrive à grands pas. Elle espère ne pas être vue ni entendue. Sa peau frissonne. Voilà plus de huit heures qu'elle est nue et qu'elle ne dort quasiment pas.

J'entends le jet de l'urine et je lui demande si elle apprécie de se vider.

– Oh oui, monsieur... Mais mon urine coule vers le balcon du dessous, puis-je aller chercher une serpillière ?

– Non, madame.

– Cela fait beaucoup de bruit en coulant, monsieur !

– C'est très bien madame.

Et elle termine son humiliant besoin d'uriner.

Je lui ordonne ensuite de mettre les mains dans son urine pour se laver le visage. Je sais qu'elle n'aime pas être sale mais ma voix est ferme et déterminée. Elle obéit fièrement en se traitant de salope.

Le jeu n'est pas terminé pour ma soumise, mais je décide maintenant de la récompenser. Elle m'en remercie et exécute mes ordres à la lettre.

Je lui demande de prendre un œuf dans son frigo et de le glisser dans son sexe moelleux, puis de retourner se coucher en jouant avec son vibro. Epolas adore se masturber, et la sensation de plénitude apportée par l'œuf qu'elle craint de casser décuple ses sensations. Toutes les deux heures, elle doit me laisser un message d'amour. L'heure de réception est affichée sur le répondeur, je peux ainsi vérifier.

Je coupe mon téléphone et fais une très agréable grasse matinée bien méritée. À peine les yeux ouverts, je lui téléphone.

Il est quatorze heures.

– Bonjour, madame, j'aimerais assez que vous pondiez votre œuf.

– Bien, monsieur, dit-elle dans un soupir.

– Mettez-vous accroupie et poussez délicatement, surtout ne le cassez pas !

– Je pousse monsieur, il ne vient pas.

– Allez, continuez.

– Il ne vient toujours pas.

– Alors c'est simple. Mettez deux doigts dans votre cul et poussez-le de l'intérieur. Vous le sentez ?

– Oui, s'exclame-t-elle en gémissant.

– Alors poussez fort avec les doigts.

– C'est trop bon monsieur !

La ponte est accompagnée d'un long cri de jouissance, comme la délivrance d'un plaisir tant attendu. Elle a bien fait attention de ne pas le fêler. Elle le met directement sur son oreiller.

– Celui-là sera réservé à votre mari. Vous lui expliquerez alors toute l'histoire pendant qu'il savourera votre œuf. Au revoir, ma soumise et bon appétit !

Je raccroche, heureux. Cette nuit, sans même la voir ni la toucher, j'ai pu lui faire vivre son état de soumise comme si j'y étais. Son obéissance est parfaite. Je me dis que même si je suis son faiseur de rêves, sans elle, je ne serais rien : un seigneur sans territoire, un navire sans attaches. Elle est mon jouet préféré. C'est elle qui met les couleurs dans mes jeux pimentés. Et ça, je ne l'oublie pas...

J'imagine la scène du dîner. Epolas, avec un petit air fatigué, mais vicieux aussi, sert son œuf sans rien dire. Elle a un petit sourire en coin qui lui rappelle tout ce qui s'est passé cette nuit. Un verre d'eau à la main, jubilant secrètement.

Il n'est pas un jour où nous ne nous téléphonons pas. La voix est la continuité de ma présence auprès d'elle. Je profite de cet éloignement feint pour lui organiser encore et toujours de nouvelles expériences. J'adore l'idée de lui organiser des rendez-vous avec des inconnus. Cette fois-ci, je la préviens uniquement la veille. Ça l'excite au plus haut point. À nouveau, je lui concocte un scénario grisant.

J'ai un ami qui travaille non loin de sa ville. Il n'est pas dans les mêmes recherches de plaisir que moi mais connaît ma vie dissolue et mes préférences sexuelles. Étant curieux de nature, je lui avais promis une surprise. Je voulais lui offrir Epolas, ma belle salope.

J'explique à mon ami le jeu qui va se tramer d'ici peu. Il m'écoute attentivement, l'air très concentré. Ma soumise l'attendra en levrette sur le lit de sa chambre, les yeux bandés. Il pourra en disposer à sa guise et même en faire profiter quelques-uns de ses amis s'il le désire.

Le seul impératif habituel: les capotes. À vingt et une heures, elle sera à l'hôtel. Le temps de se préparer et à vingt et une heures trente, elle sera tout à fait prête. À vingt-trois heures, il devra la quitter.

Pour lui ce genre de jeu est très inhabituel. Mais il a envie de franchir le pas, surtout après que je lui ai décrit le magnifique corps d'Epolas ainsi que son joli minois de vicieuse. Savoir qu'elle a déjà vécu pas mal de choses le conforte dans l'idée de se donner sans retenue. Il a hâte tout à coup que l'horloge tourne.

Quand Epolas se rend à l'hôtel, elle me téléphone régulièrement pour que je puisse suivre son parcours. Et quelques minutes avant l'heure du rendez-vous, elle cache son cellulaire en fonctionnement dans son sac afin que je puisse, de chez moi, profiter intégralement de la séance et participer aux ébats de ma salope. Elle revêt un imper bleu marine très cintré à la taille, les cheveux laissés libres tout comme ses pensées. Le rouge à lèvres qu'elle porte accentue sa bouche, cette même bouche qui adore faire de gourmandes fellations. Des talons aiguilles aiguisent sa silhouette. Elle est sexy à en mourir.

Écouter sans être vu, voyeur invisible que j'aime être. Je prends ainsi mon plaisir simple, certes, mais fort. L'ouïe remplace maintenant la vue, l'imaginaire est à son paroxysme. Je reconnais que c'est très excitant. J'essaye d'imaginer ces espaces, les gens qui passent, les lumières et les mots.

Tout est d'abord étrangement silencieux. Puis des bruits de portes, de pas, l'eau du lavabo, le son feutré des vêtements, celui caractéristique de la ceinture, de la fermeture Éclair, et une voix malhabile qui se veut directive « Sucez-moi madame », suivie d'un long silence. Je connais la bouche de ma petite pute. J'imagine la façon qu'elle a de mettre sa langue autour d'une queue en érection, toute bien gonflée et qui n'attend que d'être libérée de la tension qui l'habite. Je me mets à voir le visage de ma soumise, lapant cette bite et rendant sa chatte toute trempée, béante, prête à accepter n'importe quoi pour satisfaire son plaisir Sa jouissance l'envahit peu à peu. Je tends l'oreille car je veux tout entendre. Comme si j'y étais.

Mon ami doit apprécier car c'est d'un ton plus assuré qu'il lui donne l'ordre de se mettre à genoux sur la moquette. Mon oreille aux aguets perçoit même le déchirement de l'emballage du préservatif, et au souffle qui s'accélère je devine les mouvements de va-et-vient. J'imagine juste cette grosse queue qui rentre et qui sort dans le vagin dégoulinant de mon experte petite pute. Les halètements s'amplifient, la jouissance monte rapidement. J'attends patiemment le cri de ma soumise au bord du délire.

Sans tarder, elle le supplie :

– Enculez-moi monsieur. Ne voyez-vous pas que je suis une pute, une salope, une moins que rien ?

Je lui ai appris à demander de se faire enculer pour satisfaire pleinement son partenaire, et je sais que quand un homme change d'orifice, elle a toujours la même gourmandise.

Il l'encule en une seule fois. Elle lui dit :

– Doucement, monsieur, elle est vraiment grosse ! Doucement monsieur...

Ses mains écartent alors largement son cul pour rendre le passage plus facile à son gland qui dilate son anus. Il est dedans cette fois. Dans son petit trou. Plus elle gémit, et plus il accélère le rythme.

Ma salope a perdu toute sa pudeur à présent. Elle est complètement désinhibée. À nouveau, elle supplie mon ami de lui défoncer le cul encore plus fort. Elle veut qu'il la bourre comme une putain qu'elle est. Elle veut sentir ses couilles venir fouetter son vagin affamé.

Il va bientôt jouir et Epolas le sent. Elle le fait alors exploser de plaisir en se tournant vers lui et en le suppliant de se vider les couilles sur son corps de catin. Il éjacule en une fois en rugissant de plaisir. Puis les ronronnements de ma soumise étalant la précieuse liqueur blanche trahissent son bonheur. Je sais que l'orgasme l'a elle aussi submergée sans appel.

Les respirations diminuent. J'entends des pas. Epolas a l'air de rester dans la même position, attendant la suite des événements.

Mon ami ne s'attendait pas à cette rencontre si inhabituelle, pensant sûrement à un petit plan baise et puis rien de plus.

À présent, il prend sa douche. Nous avions convenu qu'il s'éclipserait rapidement afin d'éviter que ma soumise ne le voit. Cette complicité me permettait de refaire éventuellement un autre jeu.

Mon ami part.

Aussitôt la porte refermée, Epolas arrache son bandeau et attrape son téléphone. Il ne faut pas oublier que pour le moment je suis encore dans son sac! Directement, je lui avoue m'être branlé avec délectation durant sa prestation et lui demande si elle a pensé à son maître en s'offrant.

Avec fougue, elle me répond:

– Oui, vous étiez là, tout près de moi, si heureuse de vous exciter!

Je lui ordonne de prendre à son tour une douche purificatrice afin qu'Epolas retourne au rêve. Je veux qu'elle rentre chez elle pour tout expliquer à son mari qui la pénétrera bestialement.

Elle me salue par un « Bonsoir maître, je vous aime. »

L'émotion me gagne. J'en frissonne encore. Dans mes rêves, cette nuit-là, ses cris et gémissements venaient hanter ma quiétude pour la transformer en un rugissement érotique. Sa façon de gémir a quelque chose de très sensuel, loin des clichés habituels. C'est tout son être qui vibre, c'est toute son âme qui savoure. Un plaisir vivant. Oubliant toute inhibition. Se laissant aller dans le jeu que je lui organise en toute confiance.

Un soir, Epolas me demande une faveur.

Une de ses amies échangistes connaissant mon goût pour la domination, aimerait vivre une séance avec moi. Je suis surpris car je connais la jalousie de ma soumise mais j'accepte néanmoins sa requête à condition de pouvoir lui préparer un programme de mon choix, rempli de surprises et qu'elle vienne seule à Paris. L'inconnue ne fut pas longue à accepter cette proposition. Il ne restait plus qu'à convenir d'une date. Voilà comment cette rencontre fut organisée.

– Epolas, je veux que vous lui demandiez qu'elle m'appelle pour qu'elle officialise sa demande et je lui expliquerai certaines obligations qu'elle devra avoir à mon égard. Vous serez mon assistante. En secret. Je ne veux pas qu'elle sache que vous êtes là. Inventez n'importe quoi mais je tiens à ce qu'elle vous croie absente.

Après quelques jours, Stéphanie m'appelle. Elle me dit qu'Epolas lui a demandé de me téléphoner pour faire une mise au point. Sa voix est légère, fine, joviale. Une voix agréable mais peu bavarde. Je lui demande de venir dans son élément le plus simple, en minijupe, bas autoportants, talons aiguilles, un top moulant et un manteau. Je l'assure de mon respect à l'égard de la gent féminine et de mon sérieux quant à la sécurité à laquelle je m'attache pour les dames que je reçois. Ma voix est douce mais ferme. Grave, comme un loup qui attire lentement sa proie à lui. C'est une sensation étrange que de parler à une inconnue. Des images défilent dans ma tête, je salive à l'idée de lui faire vivre son rêve.

Je demande à Epolas que Stéphanie me communique la date de son départ, le numéro du TGV et le numéro du wagon. J'indique à ma soumise qu'elle aussi devra prendre le même train et se réserver une place proche de celle de Stéphanie.

Quelques jours plus tard, mon assistante me communique les détails de sa réservation. Elle sera pratiquement en tête du train, deux wagons avant celui de Stéphanie. Epolas devra prendre une valise contenant des vêtements d'homme. Elle s'en étonne mais je lui confirme mon envie de la travestir. Elle devra porter une culotte. Elle s'inquiète aussitôt car elle n'en a peut-être plus. Je les lui ai toutes fait jeter à la poubelle.

Le jour fatidique, Stéphanie monte dans le train qui l'amène vers ses rêves dans lesquels elle flotte déjà. Elle ne s'attend à rien. Elle veut se laisser faire. Epolas voyage dans toute une symbolique : elle va découvrir des horizons excitants, travestie en homme, transformée en assistante. Les pensées des deux femmes sont fortes bien que très différentes.

Pour le départ, Epolas m'appelle. En excellente espionne, elle suit Stéphanie à la trace. Cette dernière fait halte dans un kiosque à journaux afin d'acheter une revue pour l'accompagner dans son voyage. Elle sort subitement et se dirige vers les Escalator. J'informe Epolas qu'il ne faut pas qu'elle monte directement ces mêmes Escalator. Elle doit attendre que le train arrive car elle risque de se faire voir. Je lui demande d'emprunter les escaliers. J'entends son souffle qui augmente. Elle s'essouffle. Est-ce purement physique ou est-ce l'excitation qui monte en elle ?

Je l'aperçois. Elle n'est pas encore montée. Un distributeur me sert de planque, voilà elle est montée. Je m'engouffre dans le train moi aussi.

– Dans une heure, je vous rappellerai Epolas.

Je téléphone immédiatement à Stéphanie. Je l'imagine, fébrile, cherchant une contenance en feuilletant sa revue. Je la salue et j'entends à sa voix que sa surprise est grande. Subitement, elle comprend que tout commence.

Je lui demande de se rendre aux toilettes qui se situent à l'étage et d'y enlever sa culotte. Elle doit la laisser pendre à l'intérieur. Quand elle aura terminé sa mission, elle devra m'appeler.

Elle me confirme que sa mission est terminée et réussie. Je la félicite quelque peu et je raccroche. Au même moment, j'appelle Epolas. Je l'informe qu'elle doit récupérer la culotte de Stéphanie qui l'attend dans les sanitaires du wagon, et qu'elle aussi doit y laisser la sienne.

La culotte est le trophée d'Epolas et sa monnaie d'échange afin de me prouver qu'elle est digne d'être mon assistante. Par un jeu de prestidigitation, le sous-vêtement de Stéphanie sera entre mes mains lorsque je l'accueillerai, fidèlement apporté par ma délicieuse petite chienne qui sera travestie en homme et nous attendra à la Cave.

Epolas est enchantée du plan. Seule la culotte de ma soumise pend dans les toilettes. Je rappelle Stéphanie en lui demandant d'aller chercher sa culotte.

À nouveau, elle s'exécute mais me rappelle toute perplexe. Elle m'informe que la culotte qu'elle a prise dans les toilettes n'est pas la sienne. Je m'étonne et la rassure en lui disant que le principal, c'est qu'elle en ait une. Je l'informe que je suis déjà à la gare et que j'ai un journal dans la main droite. Le TGV est à l'heure.

Je fais l'échange avec Epolas et je lui remets comme convenu les clefs de mon donjon contre la culotte de Stéphanie.

Je guette Stéphanie. C'est une jolie petite brune avec un manteau noir élégant. Ses talons aiguilles affinent ses chevilles. Ce jour-là, la gare grouille littéralement de gens en partance. Elle se dirige vers moi sans hésitation et nous nous saluons comme des connaissances de longue date.

Un sourire s'empare de ses lèvres. Elle semble déjà tout excitée par le petit jeu auquel elle vient de se prêter. Elle me parle de la culotte qu'elle a trouvée dans le train et qui n'est pas la sienne. Elle n'arrive pas à justifier cet incident. Aussitôt, je la rassure et sors sa propre culotte de ma poche.

Son regard s'illumine en un rien de temps. Elle n'en revient pas !

– Comment avez-vous fait ? me demande-t-elle, perplexe. Vous êtes un magicien !

Elle guette mes yeux en quête d'une explication rationnelle. Je lui réponds laconiquement qu'un de mes complices était dans le train. Cela lui suffit. Son visage rayonne, son visage de petite garce dévoyée qui a envie de se faire prendre. Car la tension monte, sa jolie chatte rose s'humidifie de plus en plus, je le sens. Son odeur âcre emplit mes narines. Et ce n'est que le début ! Mais cela, elle n'en sait encore rien.

Nous prenons un taxi et nous nous rendons à la Cave. Elle regarde distraitement par la fenêtre. Elle rêve les yeux ouverts et je suis le seul à admirer ce merveilleux spectacle. J'aime ces petits bonheurs simples.

Nous descendons directement au deuxième sous-sol. La salle est illuminée de quelques torches. L'ambiance est sobre mais forte et je lui fais découvrir l'endroit où elle va dormir ce soir. Je la prie de bien vouloir se préparer et de m'attendre les yeux bandés à genoux sur le prie-Dieu.

Je rejoins Epolas. Je l'embrasse tendrement d'abord, fougueusement ensuite. Longtemps, nous restons l'un contre l'autre. Je lui souffle un « Ma soumise d'amour ». Un moment où mes yeux s'embuent légèrement. Je me reprends rapidement afin qu'elle ne perçoive pas mon trouble.

Epolas doit s'habiller en homme. Il faut qu'elle soit prête dans une demi-heure. Je redescends auprès de Stéphanie qui est, comme demandé, au fond de la Cave, nue, agenouillée sur le prie-Dieu entouré de chandeliers rustiques surplombés de bougies dont les flammes sont généreuses et énergiques. La douce lumière gravit peu à peu le mur de pierre et se promène sur le corps appétissant de cette jeune femme venue vivre un week-end de domination chez Le maître. Une musique mystique accompagne ce rituel qui se met en place. La mélodie embellit la scène qui se trame sous mes yeux. Je m'approche d'elle et lui pose doucement la main sur une épaule. Elle sursaute.

Je lui ordonne de se mettre debout. Je la dirige vers la grande pièce, face à la table des supplices. Je lui demande de s'allonger sur le ventre, ce qu'elle fait immédiatement.

Dans sa peur, elle fait tout ce que je lui demande. Elle se rend compte de l'ampleur de sa démarche. Dans cette situation inconnue, elle se plierait à n'importe quoi pour diminuer ses angoisses. Le plateau de la table se soulève et je la fixe au lustre par d'énormes chaînes.

Je retire la table de mon chemin et la voilà suspendue dans le vide.

Doucement, je la fouette. Elle savoure de suite. Je décide de corser les coups et les hurlements résonnent dans la pièce. Pourtant, elle en redemande. Pour une première, elle est parfaite ! Je lui écarte les cuisses avec une énorme barre. Son sexe délicat est dégagé au maximum laissant ainsi la place au dévastateur vibro. Le carnage commence. Elle se débat dans les chaînes provoquant un vacarme indescriptible. Comme une hystérique, elle hurle de plaisir. Stéphanie est au bord de la syncope. Je la laisse donc suspendue, remplie d'émotions. Et je rejoins Epolas.

À peine auprès d'elle, je suis ébahi. Devant moi gît un petit mec, avec un costume bleu marine, une chemise blanche, une cravate bleue choisie avec goût. Ses cheveux sont gominés, tirés en arrière. Elle porte des mocassins aux pieds et s'est dessiné une petite moustache noire. C'est à peine croyable ! Elle remarque aussitôt ma réaction et je lui avoue :

– À partir d'aujourd'hui, je suis bi, ma voyouse ! Et un long fou rire s'empare de nous deux.

Je préviens Epolas que des godes à pattes bien montés vont arriver. Je veux qu'elle les accueille comme il se doit. Son air me réjouit. La salope qui est en elle se réveille. Je parie qu'elle en bave déjà.

En bas, Stéphanie a le corps entravé par de lourdes chaînes et il se balance au-dessus du carrelage froid. Elle a les jambes écartées, sa longue chevelure pend le long de son visage, sa poitrine est attirée vers le sol. Elle se remet peu à peu de sa jouissance ravageuse.

Je demande à mon « jeune homme » de me passer les pinces pour les mettre sur les seins de la libertine soumise. Sans oublier une paire de chaînes et une pince pour la langue. Je pose les pinces et réunis l'ensemble par les chaînes.

Sous mon ordre, Epolas va chercher un gode. Elle revient avec un énorme phallus, ce genre de gode qui donnerait du plaisir à une jument en rut. Je lui ordonne de l'enfoncer sans plus attendre dans la chatte de Stéphanie. Le passage est en effet délicat mais il rentre doucement. Le va-et-vient commence et son corps se met à se tortiller, faisant battre la mesure aux chaînes.

Une mélodie improvisée, dont le chef d'orchestre n'est autre que ma soumise travestie, est en train de naître. C'est elle qui dirige le corps philharmonique de son amie au gré des allers et retours de l'énorme gode. Les chœurs sont les cris de jouissance de Stéphanie et je vous assure que l'orchestration finale est extraordinaire. Le claquement du fouet bat la mesure.

Le vibro se met aussi en marche. Tous les musiciens sont présents. C'est un vrai délice pour le mélomane que je suis !

Epolas me regarde. Je l'embrasse du coin de la bouche. Le silence emplit la pièce. Toute parole est désormais inutile. Je détache Stéphanie. Elle gît devant moi comme un pantin désarticulé. Je m'assure qu'elle va bien. Elle me le confirme par un « Oui, maître. Je n'ai jamais connu cela. C'est vraiment très fort, je suis sur le flanc ».

Je la somme d'aller prendre une douche. La soirée ne fait que commencer. Je redescends dans trente minutes. Je remonte avec Epolas et nous dégustons une belle coupe de champagne.

Le carillon de la porte retentit. Le premier gode à pattes arrive. Je lui ouvre la porte pour qu'il entre et descende les quelques marches qui le mèneront au salon. Il dévisage immédiatement ma soumise et éclate de rire quelques secondes plus tard. Il l'a reconnue. Surtout en salope de soumise. Le carillon retentit à nouveau. Quatre, cinq puis six godes à pattes se retrouvent autour de nous.

Au sous-sol, Stéphanie a choisi de nouveau le prie-Dieu. Décidément, cette place lui plaît. Je lui offre une coupe de champagne et discute un peu avec elle. Je lui demande de me suivre pour l'emprisonner dans un carcan. Je lui ordonne de se mettre à genoux sur les coussins et de prendre la position de levrette. J'attache la pièce de bois à sa chaîne qui descend du plafond.

Étrange spectacle que de voir une femme suppliciée comme au Moyen Âge, la tête et les mains fixées dans une machine de contrainte, devenue objet de plaisir. Elle n'a pas de bandeau, son champ de vision lui permet de voir les sexes qui vont la prendre dans cette position et qu'elle pourra sucer ou prendre avec ses mains sans pouvoir les accompagner dans sa bouche. Aux dires d'Epolas, c'est une situation très frustrante.

L'envie me prend de fouetter violemment Stéphanie. Je l'informe qu'elle va servir de vide-couilles. Les godes à pattes auront tous les droits sur elle : la baise, l'enculade, et elle, l'obligation d'avaler leur sperme.

Elle me répond : « Monsieur, je serai votre pute de soumise et montrerai à ces messieurs que je suis capable d'assumer cette punition. »

Je remonte rejoindre Epolas au masculin. Je lui demande de bien vouloir accompagner ces messieurs, de les déshabiller et de les mettre en forme en les branlant uniquement. J'exige qu'ils l'appellent « jeune homme ».

En descendant, les godes à pattes sont dans un bel état d'excitation. Comme à son habitude, ma soumise les a stimulés goulûment. Dès qu'elle voit des bites, Epolas s'en donne à cœur joie. Elle aime les pourlécher sous tous les angles. Elle est inépuisable !

Le sexe érigé et turgescent, ces messieurs s'avancent en groupe comme il leur a été demandé.

Stéphanie est loin d'imaginer ce qui l'attend. Dans la pénombre, elle les entend venir.

Comme un seul homme ils se précipitent sur elle. Ils la tripotent, lui pelotent les seins, lui caressent le cul, la chatte. Il n'y a plus assez de place sur son corps pour toutes ces mains. En retrait, Epolas regarde la scène avec délectation. Parfois, elle me jette de petits coups d'œil complices. Je sais qu'elle aurait aimé être à la place de Stéphanie. L'entrecuisse de son pantalon doit être dans un triste état ! Mais pour une fois, elle assiste son maître. Elle se sent proche de mes rêves.

Ma soumise attire un homme vers elle pour le branler frénétiquement. Ce dernier se met à bander comme un cheval et d'un geste, elle lui enfile un préservatif. Elle dirige cette queue en chaleur vers le sexe de Stéphanie et l'enfonce en une fois. Un cri de plaisir explose. L'homme s'agrippe à ses hanches d'esclave qu'elle est et la baise comme une chienne. Epolas en prend un autre, le branle à son tour, le prend par les couilles et l'amène à la bouche affamée de son amie.

Dans un silence total où seuls les gémissements se répercutent sur les murs de pierre du donjon, « mon petit mec » a deux bites dans chacune de ses mains, les astique, joue avec elles, les triture. Le regard qu'elle me lance en dit long. Elle me supplie de pouvoir les sucer. Comme une petite fille qui a envie d'une crème glacée. Je refuse durant quelques instants. Je sais pertinemment que c'est un bonheur pour elle que de donner du plaisir et surtout de faire bander des hommes. C'est comme un pouvoir, ou plutôt une façon de s'assurer qu'elle plaît et qu'elle peut séduire. Pourtant, elle n'a pas besoin de cela. Elle est belle à en mourir, son corps est parfait. Ses mensurations sont exceptionnelles, sans oublier sa libido hors du commun.

Je lui fais un signe de la tête. Aussitôt, elle se plie et enfonce une bite dans sa bouche. Elle l'enfonce loin dans sa gorge, à la limite de l'étouffement. Puis elle suce délicatement le bout du gland en tenant la queue de ses deux mains fines. Une vraie pro, une bonne pute aussi.

D'un œil attentif, elle s'aperçoit que le trou à foutre de Stéphanie est à nouveau disponible et d'un coup de dent, déballe un préservatif. De ses mains, elle l'enfile sur la bite qu'elle dirige donc vers l'anus de son amie. Avant de lui enfoncer l'énorme trique qui est là, elle crache sur le cul de son amie en guise de lubrifiant. Cette dernière hurle de douleur. Epolas continue de pousser les fesses du gode à pattes pour qu'il s'enfile bien dans le beau petit cul de Stéphanie. Elle dégage l'autre bite, celle qu'elle a dans la bouche pour respirer et retrouver son plaisir. Elle jouit dans un cri de bonheur. L'homme qui lui bourre le cul la traite de salope, de vide-couilles.

Pendant ce temps, Epolas continue de sucer cette énorme queue qu'elle a dans la bouche. Mais les cris de son amie la dérangent et elle s'approche lentement de la criarde. Elle lui enfonce un énorme braquemart dans la gueule, étouffant cette dernière. Elle le lui enfonce encore plus puis le retire, branlant de plus en plus le mec qui pousse des cris de plaisir. Il va bientôt jouir. Elle plante le gros phallus dans la bouche de Stéphanie et pour ne pas gâcher le précieux liquide, elle le branle jusqu'à la dernière goutte.

L'homme pousse des petits cris de jouissance à chaque salve de sperme, il n'en finit pas. Il est en train de se vider littéralement les couilles. Un filet de sperme se forme à la commissure de ses lèvres, la semence caressant en s'écoulant la peau fine de cette charmante joueuse. Epolas s'empresse d'essuyer le surplus avec son doigt et puis le porte à sa bouche.

Stéphanie a toujours la bite au tréfonds de ses reins et continue à jouir. Les cinq autres mecs se branlent en attendant leur tour. Je décide de détacher Stéphanie, afin que son corps soit plus accessible et qu'ainsi elle puisse varier ses plaisirs. Je lui mets un bandeau et la dirige dans la salle des gangs bangs accompagnée d'un gode à pattes que je fais allonger sur le dos et j'ordonne à Stéphanie de s'empaler sur lui. Je fais signe à l'un de ces messieurs de la sodomiser, puis à un autre de se faire sucer. Ainsi, toutes ses excavations sont comblées et stimulées. Elle est pleine de bites et pourtant, elle trouve encore le moyen d'en branler un autre. Tout bouge dans tous les sens. C'est magique !

Les commentaires fusent, les bites passent d'un trou à un autre. Je leur fais une annonce :

– Messieurs, c'est le moment d'éjaculer. Vous pouvez le faire sur les seins et le ventre. Madame, mettez-vous sur le dos, les bras en croix. Messieurs, mettez-vous autour d'elle.

Je lui retire le bandeau. Elle a le regard hagard devant toutes ces bites qui se branlent. J'ordonne à Stéphanie de se branler en leur disant qui elle est. Celle-ci répond alors :

– Je suis une soumise qui aime se faire défoncer. Je suis une traînée qui adore la bite. Crachez votre sperme sur moi, j'aime le recevoir sur la figure, en avoir plein les cheveux, être souillée. J'aime l'odeur du sperme et me débarbouiller de votre jus. Allez, crachez, bande de chiens.

Le premier lui crache sur les seins. D'un geste, elle étale le liquide puis se le passe sur le visage. Elle s'essuie avec la langue l'intérieur de la main. Le second vise le front, se vide les couilles à n'en plus finir. Elle en a plein les cheveux. Le troisième l'interpelle :

– Ouvre ta gueule de chienne, sors ta langue !

Et il lui décharge son jus dans la bouche. Elle se fait un malin plaisir de recracher le liquide blanc qui coule le long de son menton.

Ce qui rend le moment encore plus glauque, c'est que les deux autres se déchargent sur son ventre. Elle les regarde puis étale le liquide.

J'ordonne à tous ces messieurs de prendre leur douche. La séance est terminée. Sauf pour Stéphanie qui doit rester allongée, les bras en croix dans le foutre.

Je remonte et vois qu'Epolas a dressé la table et attend les godes à pattes. Elle se sent chez elle et elle connaît bien les us de la maison. Passer de petite salope à maîtresse de maison ne lui pose aucun problème, et cela lui va très bien.

Les hommes remontent pour déguster le champagne. Ils font leurs commentaires.

Je rejoins enfin Stéphanie que je trouve exsangue de plaisir, vidée de toute volonté personnelle puisqu'elle m'en a confié les clefs et je lui prépare à nouveau des vêtements pour le soir. Un corsage blanc, une petite culotte blanche, des bas autoportants et un kilt écossais descendant aux genoux. Mais d'abord, sa douche bien méritée.

Les godes à pattes s'en vont. La seule marque de leur passage se limite à quelques effluves d'hormones et les flûtes vidées qui trônent çà et là dans le boudoir. Symbole de plaisir et non de snobisme. Epolas s'affaire pour qu'il retrouve son aspect initial. Celui du temps où nous étions tous les deux. Je viens par-derrière l'enlacer et je la serre fort. Ce sont des moments brefs mais si forts. Je n'aurais jamais pu faire tout ça sans elle. Et elle sans moi n'aurait rien pu vivre de tout cela. Au fond, nous sommes complémentaires. Fusionnels, on pourrait dire. Je lui demande de se préparer et de prendre un taxi en direction de la rue des Faussés Saint-Marcel. Je veux qu'elle m'y attende. J'arriverai après elle. Elle veut se changer mais je la persuade de rester ainsi. En homme. Elle s'affole un moment en pensant au taximan qui la regardera de façon étrange. Elle se sent tout à coup mal à l'aise mais je m'oppose à toute négociation sur ce point. Elle ira dans cette tenue. Cela lui va si bien, elle n'en a pas idée ! Ses yeux sont figés dans les miens. Elle pense peut-être que je plaisante. Pourtant, elle sait pertinemment que quand je dis quelque chose, elle se doit de le faire. Je la gifle sans qu'elle ait pu voir venir ma main. Elle n'a pas à me désobéir ! Elle est MA soumise, elle doit dire « oui, mon maître ». En prenant son sac, elle se met subitement à genoux et embrasse mes pieds. Elle reconnaît son impertinence et me demande pardon. Le doute qui s'est immiscé dans son esprit vient de disparaître et elle reprend son rôle, un moment oublié. Sans doute le chamboulement d'avoir été mon assistante auprès d'une autre femme l'aura désarçonnée l'ombre d'un instant.

Elle disparaît dans l'escalier. Aussitôt, je rejoins Stéphanie qui s'est faite belle. Elle est à croquer, à déguster, à savourer longtemps. Je la somme de prendre son manteau et à notre tour, nous hélons un taxi.

À peine arrivés, je lui mets son bandeau dans le hall d'entrée et nous nous dirigeons vers le vestiaire. Epolas est au bar, les mains dans le dos. Elle me regarde longuement, d'un regard profond. Elle m'observe et je la perçois avec une envie folle de se jeter dans mes bras. Ses yeux sont brûlants de désir. J'aurais envie de la serrer, moi aussi mais je me dirige vers le barman. Je lui donne quelques consignes. L'ambiance est chaude. Les gens affluent. Le brouhaha augmente.

Stéphanie m'attend, les mains dans le dos, le long d'un pilier. Elle attend que je m'occupe de son sort qui est entre mes mains. Le barman initie une conversation comme marque de reconnaissance des habitués du lieu.

Il me dit qu'il est surpris que la femme qui m'accompagne ait une jupe aussi longue. Il est habitué à plus court, me dit-il. Stéphanie écoute attentivement.

Je demande au barman d'aller me chercher une grande paire de ciseaux afin de la lui couper. Il s'exécute avec célérité, je lui demande de bien vouloir le faire lui-même. Mais c'est Epolas qui prend les ciseaux en main et qui va lui couper sa jupe. Évidemment, les yeux bandés, son amie ne voit rien. Elle ne sait toujours pas qu'Epolas est venue la rejoindre à Paris.

Ma soumise s'exécute avec un sourire aux lèvres. Elle se sent complice. Pour une fois, elle peut assister à la scène. Elle peut se retrouver de l'autre côté du miroir où elle n'est pas laissée en marge.

Les quelques personnes qui étaient autour interrompent leur conversation pour s'intéresser à ce qui se déroule sous leurs yeux. Certains sont médusés, d'autres choqués. Je m'amuse. Ceux d'Epolas, excités. Le barman dit que la jupe est encore trop longue. Stéphanie imagine les regards des autres. Plus sa jupe est raccourcie, plus elle se sent au centre des discussions. La tension monte.

La réflexion à voix trop forte d'un client qui dit « mais elle a une culotte ! » attire de plus en plus de gens, surtout des mâles en chaleur, des petits jeunes tout fous comme de jeunes chiens.

Je demande alors à Epolas de couper la culotte superflue.

– Coupez jeune homme et offrez-la à ce monsieur là-bas ! lui dis-je.

En deux coups de ciseau, l'homme s'approche et reçoit la culotte en trophée. La médaille d'or, à voir ses yeux !

Pour éviter une faute de goût, je demande à Epolas de faire la même chose avec le corsage de Stéphanie. Elle le massacre et lui coupe le soutien-gorge. Son amie est en charpie, l'air déconfit.

Je demande aux messieurs qui nous entourent de bien vouloir profiter de cette petite esclave. Je descends donc la défroquée au sous-sol et l'installe sur une table. Epolas fait le passage et contrôle que les capotes soient bien distribuées. Le défilé débute sans plus attendre. C'est de la folie.

Stéphanie connaît tous les états possibles : le tremblement, la jouissance, la bousculade, la défonce, les insultes, les brutes, les baiseurs. Je n'arrive plus à les compter mais il est certain qu'ils sont très nombreux. Certains lui parlent, d'autres la caressent sans finesse.

En une seconde, j'agrippe ma soumise par les cheveux et lui ordonne de lécher goulûment Stéphanie. Ma petite salope connaît bien les femelles, elle sait les faire jouir. Stéphanie craque sous la langue de son amie et se met à hurler de plaisir. En une fois, je retire le bandeau de Stéphanie mais elle garde les yeux fermés. Elle ne s'aperçoit pas encore que c'est sa propre copine qui est entre ses cuisses.

Je souffle dans l'oreille d'Epolas de remonter lentement sur son ventre et de l'embrasser. Comme un serpent rusé, elle rampe sur elle, lui embrasse le cou, la prend par les cheveux et l'embrasse langoureusement sur la bouche.

– C'est bon, salope ? dit-elle.

Stéphanie ouvre les yeux, la prend aussi par les cheveux et l'embrasse frénétiquement.

Le pantalon d'Epolas tombe sur ses souliers vernis. Un homme en profite pour la baiser vigoureusement par-derrière pendant qu'elle s'agenouille avec sa copine. La séance câline ne dure pas très longtemps. Mes deux petites salopes sont l'une à côté de l'autre, en levrette pour une séance de baise hors norme. Elles se stimulent, plus rien ne les arrête. Tous bandent ! Tous baisent ! Ce sont de vraies chiennes en chaleur. En se regardant dans les yeux, leur plaisir augmente au quintuple.

Chacun à leur tour, alignés comme des pingouins, ils les baisent, les sodomisent. La cadence devient infernale. Ils sont une bonne vingtaine dans la pièce. Le renouvellement est permanent. Je me demande d'où ils proviennent. J'ai comme l'impression ou plutôt la certitude que tous les mecs de la boîte vont y passer.

La chaleur est suffocante dans la pièce. Mais cela ne dérange aucunement mes deux petites putes qui s'en donnent à cœur joie. Enfin, Epolas donne des signes de fatigue, elle est en nage. Stéphanie suce encore les quelques bites molles et fripées qui traînent autour de la table.

– Mesdames, j'aimerais assez que vous alliez prendre une petite douche.

Elles obéissent, s'arrêtent et se dirigent vers la douche. Ensuite, je les accueille avec une coupe de champagne en attendant le bon repas qui nous attend. Leurs yeux sont pétillants. Je suis heureux car offrir du plaisir et le voir sur leur visage est mon plus grand bonheur.

Il est deux heures du matin lorsque nous quittons cet endroit. Stéphanie est nue sous son manteau. Epolas se porte à merveille. Elles bavardent en riant de leur soirée unique et intense. Le lendemain matin, elles reprendront le train. En attendant, je leur offre mon lit, mon corps, mon amour, ma tendresse et après un petit câlin, nous nous endormons sereinement, portés par un bonheur particulier.

Aujourd'hui, je me rends dans le fief de ma petite soumise. Je suis invité au salon de l'érotisme où des amis à moi exposent leur gamme de bijoux sexuels. À cet effet, j'ai donc prévu quelques accessoires de ma collection privée. J'en informe Epolas par téléphone et lui demande de bien vouloir m'accompagner. Fièrement, elle accepte. Elle ne me refuse jamais rien, à vrai dire. J'aime marcher à ses côtés car elle a belle allure. J'aime surtout quand des gens se retournent sur nous. Je hume les effluves de son parfum. J'ai aussitôt l'impression que son odeur se pose sur moi. Mon sens olfactif est alors dans tous ses états.

En la retrouvant, nous nous y rendons immédiatement. Elle est vêtue de façon sexy pour me faire honneur. Sa jupe courte met en relief ses jambes affûtées et son corsage cintré sert d'écrin à sa taille fine et à ses seins arrogants. Le noir lui va si bien.

Le salon est illuminé de toutes parts. Mon esprit l'associe à une entrée d'artistes que je m'applique à être dans la pénombre de mon donjon et de mes pensées.

À peine rentrés, la surprise est immédiate pour elle. Elle aperçoit, au milieu de la foule qui erre de stand en stand, au gré de leur curiosité, JP et Salomé trônant devant leur stand. Epolas se demande si leur présence est le fruit du hasard. Mais seul JP sait ce que je lui prépare.

Les deux femmes se retrouvent avec plaisir et, complices, échangent en souriant. Elles sont à l'affût de la moindre nouveauté. Elles regardent de près, touchent et rient. J'appelle ma soumise. Je lui demande de rentrer dans le bureau du stand et de se déshabiller complètement. Je la vois saisie et étonnée. Elle pensait que nous étions là pour regarder, pas pour jouer ! Mais en une seconde, elle fait la déduction : son maître a prévu quelque chose pour elle.

Elle s'exécute rapidement. Ses vêtements restent par terre. C'est alors que je sors de mon sac une éponge et de la peinture dorée pour le corps. Je me mets à peindre son corps en commençant par ses épaules. Elle est magnifique. Une vraie déesse statufiée ! Je lui cache aussitôt le visage avec un masque pour éviter qu'elle ait de la peinture dans les yeux et je termine mon travail consciencieusement. JP lui pose des bijoux : un collier, des anneaux au sexe, un bracelet aux chevilles. En quelques instants, elle est devenue un véritable mannequin vivant. Je recule de quelques pas et je l'admire : elle est sublime. JP la regarde également. Je sens son regard de prédateur sur elle qui me rappelle ma fierté de sa soumission à ma volonté. Il sourit de joie. Mon ami sort de son bureau et déplace quelques présentoirs de son stand. La mise en place de notre statue vivante se fait rapidement. Comme un mannequin en vitrine. L'effet est ahurissant. Je la somme de ne pas bouger.

Quelques visiteurs sont intrigués. Par curiosité, ils la touchent pour voir si elle est réelle. Et par surprise, ils reculent quand ils s'aperçoivent qu'elle est humaine. Ils en rient alors. C'est l'apothéose. Les femmes l'admirent avec jalousie. Les messieurs sentent leur queue bander en secret. La sensualité naturelle d'Epolas attire de nombreux regards.

En peu de temps, les curieux se pressent, s'agglutinent, attendent qu'il se passe quelque chose, des femmes envieuses veulent acquérir ses bijoux de déesse païenne, symbole du lucre et de la sensualité. Une demi-heure après, l'allée est bouchée, les appareils photographiques affluent de toutes parts et les téléphones mobiles sont au rendez-vous. Je me place dans la foule pour écouter les commentaires qui fusent. Ils trouvent l'idée originale, le mannequin est superbe.

Epolas est narcissique. Elle adore s'exhiber en public, se faire prendre en photo car elle est consciente de sa beauté plastique. Elle l'entretient par le sport, par une hygiène alimentaire parfaite, sans alcool ni cigarette. Sa seule drogue, c'est le sexe. Une vraie accro !

Je l'interpelle en lui demandant de bien vouloir se rhabiller. Nous saluons nos amis et disparaissons vers un autre endroit situé en plein centre-ville.

En chemin, elle me sourit. Elle a apprécié sa séance de peinture. En marchant, elle me prend le bras qu'elle serre contre elle. Dans tous ces jeux, l'amour est présent. Car sans cela, tout serait impossible. Et moi, le maître, je l'aime aussi.

Nous arrivons en face d'un immeuble très ancien et grâce à mon code d'entrée, nous en gravissons deux étages. Les yeux de ma soumise regardent partout mais plus pour longtemps. Je lui mets un bandeau sur les yeux à peine arrivés devant la porte qui donne accès à l'endroit où je l'entraîne. Après avoir sonné, des verrous claquent et nous libèrent le passage.

Véronique apparaît sur le pas de la porte, un sourire exquis accroché à ses lèvres délicieuses. C'est une amie dominatrice, une des rares que j'apprécie et avec laquelle j'ai préparé quelques soirées inédites. Une femme extrêmement sympathique, avec un goût raffiné pour les jeux de domination et de soumission. Elle est brune. Un ensemble noir moulant son corps imposant.

Je dirige Epolas dans la salle de bains pour qu'elle prenne une bonne douche. Elle est encore badigeonnée de peinture dorée. Pendant ce temps, je règle avec Véronique les derniers détails pour la séance à venir.

Dix minutes plus tard, Epolas sort de la salle de bains, nue, le visage masqué, et les mains dans le dos. J'explique alors à mon amie ce que nous avons fait dans l'après-midi tout en dégustant une coupe de champagne.

Tout en parlant, j'indique à Véronique que les seins de ma soumise sont très sensibles à cause d'une opération récente. Pour le reste, son corps est résistant. Epolas aime l'humiliation, les situations obscènes et crades, l'enfermement, le bondage, les gifles, le martinet, la cravache mais pas la scatologie. Enfin presque tout, à partir du moment où elle se trouve en ma présence.

J'installe ma soumise sur la table gynécologique, lui attache les mains et les bras, lui écarte largement les cuisses pour avoir accès à ses orifices. Elle adore être dans cette position d'humiliation. Je demande à Véronique de s'approcher pour lui montrer le jus d'excitation d'Epolas qui coule déjà lentement vers son anus. Je la nomme « petite cochonne » et la caresse de la cravache sur son sexe la fait frissonner.

Véronique me passe des pinces pour lui mettre aux grandes lèvres ainsi que des petits cordages. C'est une véritable assistante que j'ai là. D'égal à égal, c'est assez plaisant je dois dire.

La chatte est béante car elle est distendue par les cordages. Les tréfonds de son sexe laissent apparaître la cyprine blanchâtre et laiteuse coulant abondamment vers la sortie du vagin. Véronique me donne une poire pleine d'eau avec un embout très fin.

Au premier jet de l'appareil, Epolas pousse un cri de surprise. L'eau froide se mélange étrangement à ses sécrétions puis coule lentement dans la raie de ses fesses en caressant son anus. Je lui titille son clitoris avec mon vibro. Elle vibre de plaisir, gémit doucement. Son corps se cambre lentement. Elle se laisse aller complètement.

Avec la cravache, Véronique lui rappelle que la douleur fait également partie de la jouissance. Un doux mélange qui la fait hurler de joie. Sur une étagère, une palanquée de godes en exposition attend son petit cul. Des phallus en plastique énormes et des objets démesurés sont les ustensiles que mon amie utilise pour ses soumis. Le plus petit a la taille d'une canette de bière ou presque. Je le lui enfonce directement dans le sexe, puis la masturbe. Elle accompagne mes mouvements en se trémoussant sur la table. Son plaisir monte tout aussi fort que ses cris. Elle se déchaîne et en redemande.

Je lui retire l'objet et lui mets deux doigts dans son anus. Je les rejoins avec mon pouce par l'intérieur du vagin, ce qui me permet d'attraper et de tirer sa chatte et son cul en même temps. Elle crie et jouit sans relâche.

Je mets trois doigts et continue les étirements. Puis quatre doigts et je libère mon pouce de sa chatte pour le placer docilement avec les autres. Le travail de dilatation commence. Véronique s'occupe du lubrifiant et arrose copieusement son petit cul pour rendre la pénétration plus facile. Ma petite salope gueule et rugit. Un vrai petit animal sauvage.

Ma main s'enfonce tranquillement dans son cul de salope, des petits cris de douleur encouragent mon travail de dilatation. Elle pousse, puis respire, et pousse à nouveau. C'est impressionnant de voir un aussi petit cul avaler une main d'homme. Elle se donne à moi. C'est une incroyable preuve d'amour. Elle a du cran et de l'endurance, ce qui lui permet d'aller au bout de mes idées, au bout de ses phantasmes.

Son anus avale ma main dans un hurlement de douleur. Elle me demande de la défoncer, encore et encore car elle adore ça. Son cul me serre le poignet à me faire mal. Je bouge ma main à l'intérieur. C'est alors qu'elle explose de plaisir en me pissant dessus. C'est de la folie.

Délicatement, je retire ma main. Son petit trou se referme lentement, laissant apparaître des stigmates de son cul dilaté. Sa respiration est saccadée par sa puissante jouissance.

La sonnerie du téléphone retentit. Véronique dit : « Oui, tu peux monter ». Dans la minute qui suit, la porte s'ouvre. Un homme apparaît et nous salue. Un soumis.

Véronique parle à nouveau :

– Regarde, esclave, cette petite chatte de salope.

Le soumis trouve Epolas très belle.

Mon amie lui ordonne de se mettre à poil et de venir auprès d'elle. En même temps, j'attache Epolas sur la croix, le dos face à moi. Je choisis un martinet sur le râtelier avec de très longues lanières de cuir. Je lui caresse les flancs gentiment, puis les cuisses tout en augmentant petit à petit la puissance des coups sur ses adorables fesses.

J'aime fouetter mon esclave sur le dos, le bruit sourd de la cage thoracique amplifie les coups portés et intensifie le châtiment. Epolas ne dit pas un mot et subit mon mauvais traitement. Les coups portés sont de plus en plus forts. Elle finit par gémir.

– Fouettez-moi monsieur, encore plus fort, dit-elle.

J'ajuste mes derniers coups de fouet sur son postérieur. Sa douleur est aussi forte que son plaisir.

Véronique est dure avec son soumis. Elle l'insulte en lui disant qu'Epolas résiste beaucoup mieux que lui au fouet. Elle le traite de minable vermine, de rien du tout. Le pauvre acquiesce avec un regard de chien battu. Elle lui ordonne de souffler sur le feu des morsures du fouet sur les fesses de ma soumise et de lécher le cul d'Epolas avec sa langue. Elle lui interdit même de bander !

Véronique est excédée par son soumis et lui met alors la bite dans une cage d'acier. En le traitant de pédé, elle le nargue en lui disant qu'ainsi, il ne pourra pas se branler. Il la remercie timidement tout en exécutant ses ordres.

Sa grosse bite est coincée dans la cage d'acier. Cela doit lui faire très mal. Véronique le prend alors par les cheveux et lui demande de se mettre à quatre pattes. Ensuite, elle lui attache les mains à une barre d'écartement et fait de même pour ses pieds. Elle lui administre une rouste avec une énorme claquette. En quelques coups, ses fesses deviennent rouge vif.

Je détache Epolas et lui retire le bandeau. Je veux qu'elle regarde un esclave se faire dresser par une dominatrice. Véronique retire la cage du sexe de son esclave. En une fois, la verge se gonfle. Elle appelle Epolas :

– Petite salope, veuillez branler ce minable.

Epolas s'exécute. Ma soumise est à quatre pattes en position de levrette. Elle lui retourne délicatement la queue entre les cuisses, le gland tourné vers son propre cul puis elle le branle frénétiquement. L'excitation du pauvre bougre est tellement intense qu'il éjacule rapidement.

– Fais-toi lécher les mains par mon esclave, s'écrie Véronique à Epolas.

L'esclave lèche son sperme. Epolas n'est pas fière car elle n'aime pas les soumis. Moi non plus mais c'est juste une expérience pour elle.

La séance se termine, ma soumise prend sa douche. L'esclave est resté enfermé dans la pièce. Nous prenons le verre de l'amitié, faisons les formalités de départ et nous nous éclipsons.

Un bon restaurant, une bonne nuit d'amour et le départ sur Paris. Avoir une soumise est certes le rêve de beaucoup d'hommes. Epolas est un pur-sang. Elle est très fragile, demande beaucoup d'attention, beaucoup de confiance, beaucoup de respect. Au fur et à mesure de nos séances, les sentiments sont devenus passionnels. Et comme je l'ai déjà dit, fusionnels, car désormais elle et moi ne formons plus qu'un. Avec elle, il faut que j'innove en permanence, que je sois à l'écoute de ses désirs et de ses phantasmes.

Au fond, la soumise domine le maître, si le maître l'aime… et quel amour ! Délicieusement destructeur, de l'ordre de l'impossible.

La période estivale arrive et amène avec elle son soleil alanguissant les corps et stimulant les appétits sexuels de ma soumise. Nous nous donnons rendez-vous au Cap d'Agde avec la présence de son mari.

Cette année fut riche en émotions.

Chaque soir, je l'habille dans des tenues diverses, petit chignon, large collier noir et une longue robe de velours rouge, laissant apparaître sur le devant son entrecuisse, un serre-taille pour lui marquer les hanches, les jambes gainées de cuissardes noires. Un autre soir, les cheveux au vent et un vêtement de cuir. Parfois tout simplement en Ève dépravée avec un collier et une laisse. Les promeneurs admirent, chuchotent, s'interrogent mais ne rient jamais sur notre passage. Les passants sont invités à participer à ce jeu délicieux de la domination comme témoins à respecter, stimuler et parfois interroger. Ce n'est pas une simple provocation, mais la mise au jour discrète de désirs assumés que nous partageons avec eux. Ce n'est pas un spectacle mais une démarche qui se veut créatrice et élevée au rang d'un art, tel qu'Epicure aurait pu le définir. Pour ce faire, j'ai éduqué Epolas pour toutes les situations que je lui fais vivre. Elle ne s'assoit jamais avant moi, au restaurant, elle reste debout et attend que je m'installe. Puis elle s'assied après en avoir reçu l'ordre. Une fois assise, elle se tient droite, les deux mains à plat sur la table, ne croise jamais les jambes et ne commence jamais un plat avant moi, ne parle que si je l'interroge. Ce code partagé de nous seuls est un délice et transforme le moindre repas en scène où elle peut réitérer ses vœux de soumission à ma volonté. Par ailleurs, nous nous vouvoyons en permanence, même dans les phases les plus délirantes de l'amour.

Il m'arrive de lui demander de se mettre en retrait à quelques mètres de moi, les mains dans le dos, sans bouger. Il y a toujours une raison. J'aime la perfection des corps et exècre l'approximation. Ma mission est de sublimer son être et cela peut se produire dans n'importe quel endroit, dans un aéroport, une boutique, ou au beau milieu d'une galerie marchande. Nous vivons en permanence ces moments de domination, de respect faits d'instants délicieux. Je sais que je suis exigeant et possessif... tous les défauts d'un véritable maître qui en font ses qualités premières.

Au Cap, chaque jour doit être un jour différent. Il faut beaucoup d'imagination afin de ne pas sombrer dans la baise monotone du simple échangisme. Avec Maxime, le mari d'Epolas, nous avons eu envie de passer une annonce, avec un numéro de téléphone, sur des petits papiers à franges que l'on déchire si on est intéressé par celle-ci. La nôtre disait : « Belle salope de trente-cinq ans cherche à faire uniquement des pipes de quinze à dix-sept heures tous les après-midi ».

Le succès a rapidement été convaincant et certains ont même déchiré toutes les franges en une fois afin d'éviter les concurrents. Nous en avons mis partout : dans des cabines téléphoniques, dans des boulangeries, sur des panneaux d'annonces. C'est Epolas qui répond au téléphone, puis demande à la personne de se rendre à un endroit précis. Une cabine téléphonique où l'on peut apercevoir la personne de notre balcon.

Si l'homme lui convient, elle lui téléphone puis lui donne les informations pour se rendre à l'appartement. Ensuite, elle nous téléphone pour que nous puissions écouter la séance. Elle a l'interdiction de fermer la porte d'entrée par mesure de sécurité. Son mari et moi sommes à quelques mètres d'elle, planqués dans le couloir pendant le déroulement de la fellation, contrôle oblige. Nous avons aussi fixé des limites de temps sinon elle passerait des après-midi entiers à sucer la même bite. Elle doit alors se comporter comme une professionnelle : pas plus de vingt minutes, éjaculation comprise. Ça marche pratiquement à tous les coups. On l'entend parler au mec :

– Viens ici que je te branle.

Elle lui crache sur la bite, la suce. Elle lui demande d'éjaculer rapidement car « elle a un autre client ». Elle en fait quatre ou cinq l'après-midi, avant son départ à la plage, pour une petite sieste de récupération et pour une séance de bronzage bien méritée.

Un soir, nous allons dîner en ville. En passant devant un parking où de nombreux camions étaient garés pour leur pause de nuit, je dis à Epolas qu'un jour j'aimerais qu'elle se fasse baiser par des routiers. Elle me regarde, confuse, en me disant qu'elle n'apprécierait pas du tout. Sévèrement, je lui rappelle que je suis le décideur de sa sexualité. Ses oublis du terreau de notre relation m'exaspèrent en même temps qu'ils me stimulent pour aller enfreindre les limites qu'elle m'impose.

Le repas se termine. Durant notre conversation, je regarde ma soumise en pensant à ce parking. Pour une fois, j'ai envie d'un fantasme pour elle mais qui ne soit pas forcément le sien. Epolas étant d'une maniaquerie incroyable, je sais que l'aspect « sale » lui est particulièrement rebutant tout comme ces camionneurs qui ne sont pas toujours très frais. Cette idée commence alors à m'obséder. Ce soir, j'ai vraiment envie d'admirer ce spectacle. Elle, si raffinée, se faire prendre par un homme bourru et primaire.

En sortant, nous admirons les lueurs du port et nous repartons en direction de la maison. Nous repassons par le parking où des camionneurs sont dans leurs cabines en train de se détendre. Une joie secrète m'envahit quand je ralentis sans rien montrer à Epolas. Je fais alors le tour du rond-point à l'entrée du village.

Elle se fige tout à coup. Elle vient de comprendre ce que je vais lui faire faire. Elle ne dit rien. Je la sens dans un silence lourd, et horrifiée. Nous approchons du parking sur lequel certains routiers sont dehors en train de discuter paisiblement. Trois camions sont côte à côte. Aussi incroyable que cela puisse paraître, un est blanc, un autre bleu et le dernier est rouge.

En me tournant amoureusement vers elle, je lui demande lequel elle préfère. C'est d'une petite voix mal assurée qu'elle dit : « Rouge, monsieur ». Et elle baisse les yeux. Elle sait ce qui lui reste à faire : me satisfaire. J'aime cette vraie contrainte. Rien de comparable à celle de certains jeux légers qu'ont parfois certains dominants. Ici, je sais qu'elle n'aime pas mais par amour pour moi, elle le fait. Je l'embrasse langoureusement en lui relevant le menton. Elle le fait POUR MOI. Son geste me touche d'autant plus qu'elle me lance un « Je vous aime mon maître ».

Sans plus attendre, je gare ma voiture et me dirige vers les camionneurs. De vrais camionneurs aux odeurs de sueur, de vrais mecs ! Ils sont cinq ou six aux mines patibulaires. Leurs bras sont tatoués de partout. Ils sont mal rasés, mal peignés, mal fagotés, sans âge. Un vrai délire comme je les aime.

⚜

Un camionneur s'approche aussitôt de moi. On dirait qu'il est à l'affût de n'importe quoi comme un animal qui traque sa proie. Je lui demande à qui appartient le camion rouge. Un des plus jeunes et des plus beaux chauffeurs s'avance vers moi. C'est le mien, me dit-il.

Je lui demande alors si je peux lui parler personnellement parce que j'ai une proposition à lui faire, dis-je. Le jeune homme accepte. Je l'informe que j'ai envie que mon amie qui est dans ma voiture se fasse baiser par un routier. Et comme elle a choisi le camion rouge et qu'il lui appartient, c'est donc lui qui a été choisi.

Le jeune homme n'en revient pas. Il pense que je lui fais une blague. Je l'assure du contraire et il accepte. Je lui donne trente minutes pour prendre son pied avec Epolas. Celui-ci se dirige immédiatement vers son camion, entre dans sa cabine et en ferme les rideaux.

Je reviens à la voiture, la remets en marche et me dirige vers le camion rouge. J'informe Epolas que je l'ai prêtée trente minutes à un jeune camionneur pour qu'elle lui fasse sa fête ! La totale : pipes, baise et sodomie. Elle acquiesce sans broncher et sort de la voiture. Je l'aide à monter dans le camion et la porte se ferme aussitôt. Elle ne se retourne pas.

L'attente est longue et nos vitres sont ouvertes. Il fait très chaud. Les cris de jouissance se font rapidement entendre. Certains routiers se posent des questions. Des commentaires viennent jusqu'à mes oreilles :

– Écoute, je suis sûr qu'il lui défonce le cul.

Les cris s'amplifient, la cabine danse sur ses amortisseurs à la cadence des va-et-vient.

Puis, le silence.

– Elle doit certainement le sucer, dit un autre.

Le temps ne passe pas vite pour moi. Je regarde ma montre. La voilà qui se remet à crier. Quelle petite salope !

Les autres routiers se sont rapprochés. Ils écoutent, regardent et paraissent très envieux.

À présent, la cabine ne bouge plus. Le temps passe. Cela fait déjà plus de trente minutes qu'elle est dans ce magnifique camion.

Je sors de ma voiture et frappe à la porte qui s'ouvre immédiatement. Tous les deux sont assis et affichent un très large sourire, une coupe de champagne à la main. Ces routiers ne se refusent vraiment rien.

Epolas lui dit au revoir et descend du camion pour me rejoindre. Son cul est à l'air et les autres hommes en profitent pour voir le magnifique spectacle.

En rentrant dans la voiture, je lui sors :

– Alors madame, les routiers sont sympas, n'est-ce pas ?

Elle me remercie dans un élan presque de petite fille. Elle a adoré ce plan même si, au départ, cela l'avait tétanisée.

J'ai une soumise qui a une place unique. Le temps affirme ce sentiment et n'a de cesse de me tourmenter. Je l'aime d'un amour particulier. Je la déteste quand elle me trompe. Parfois, je la répudie quand elle me fait un refus. Je la hais aussi quand elle me ment. Elle construit ses mensonges autant pour se prouver à elle-même qu'elle peut se passer de moi que pour m'appeler à l'aide dans son besoin viscéral que je la domine. Le jeu toutefois continue grâce à notre amour du sexe et de ses travers même si ce jeu parfois se trouble d'une douleur lancinante.

Le vice et la vertu font bon ménage. S'il vient à en manquer un, l'autre est en deuil. Ils sont aussi un piège où il est facile de tomber lorsque les sentiments tendres côtoient de trop près la confiance qui nous est nécessaire pour construire ensemble. Une fusion vitale, une alchimie difficile. Je décide de la convoquer malgré mes déceptions, asservi sans doute à l'adrénaline de nos jeux et parce qu'elle reste une perle de soumise à mes yeux.

Comme chaque année, je participe à la concentration Harley Davidson qui se tient au Cap d'Agde. Un moment délicieux pour les passionnés de belles cylindrées et de chromes se mariant aux cuirs patinés par les kilomètres. Je prépare quelques surprises à la belle Epolas.

– Je vous attends, madame, à la sortie de la gare d'Agde. Habillez-vous en minijupe écossaise noire et blanche, mettez un corsage blanc, un pull sur les épaules, socquettes blanches, vos chaussures vernies, et comme bagage, juste un petit sac à dos. N'oubliez pas vos couettes.

Elle acquiesce par un « Oui, mon cœur ».

Vingt heures, le TGV arrive en gare. J'ai fait venir trente-cinq motards qui lui font une haie d'honneur. Je suis au bout de la haie avec ma moto. Les gens sortent en flot continu de la gare et admirent ce décorum avec grand étonnement.

Elle apparaît dans la tenue que je lui ai demandée, son visage s'illumine. Elle pouffe alors de rire car elle comprend ce qui va lui arriver. Elle passe devant les motards et grimpe sur ma machine.

Le cortège se met en route dans un vrombissement impressionnant. Nous traversons la vieille ville d'Agde et suivons l'ouvreur qui s'engage dans des petits chemins de campagne. Je perçois Epolas dans les rétroviseurs, qui se laisse guider sans mot dire mais qui reste dans l'expectative quant à ce qui va se passer. Son corps souple suit la courbe de la route qui nous mène inexorablement vers le plaisir. De temps en temps, elle me serre amoureusement. Au bout de quelques kilomètres, nous rentrons dans la cour d'une usine désaffectée. Les motos forment un grand cercle, phares allumés. L'image est magnifique. Les moteurs ronronnent calmement. La poussière se soulève.

Je ne m'arrête pas très loin du cercle et la somme de descendre. Je lui mets son bandeau, la prends par la main, et la dirige au milieu du cercle. Je fais les présentations.

– Messieurs, je vous offre cette petite salope. Vous pouvez en disposer à votre guise. Elle suce, elle baise et se fait sodomiser. Bien évidemment, les préservatifs sont de rigueur. Bonne baise messieurs.

Les moteurs se coupent. Le silence de la nuit est imposant. Le bruit des bottes qui écrasent les petits cailloux sur le macadam de la cour se fait entendre. Le cliquetis des chaînes et le froissement des blousons de cuir scandent le silence et l'imprègnent d'un hymne inquiétant. Le temps s'est arrêté et nous sommes dans un autre monde. Je suis à l'affût de ce déclic qu'un des hommes aura pour commencer la tournante de ma soumise.

En une fois, des dizaines de mains se posent sur son joli corps. Epolas est figée, tétanisée. Ils déboutonnent son corsage, le retirent avec beaucoup d'attention et libèrent son opulente poitrine qu'ils pelotent, caressent en lui adressant de nombreux compliments. Epolas attrape un sexe très rapidement, le saisit, le branle, puis en découvre un autre bien raide. Sans plus attendre, elle se met à genoux pour le sucer. Ils sont là, tous autour d'elle, dix, quinze ou plus, la bite à la main, se masturbant frénétiquement. Elle les suce chacun leur tour, les branle, et laisse échapper des petits cris de plaisir. Les verges se durcissent, les envies deviennent de plus en plus présentes, les pantalons se déboutonnent, les capotes sortent des poches. Ils lui arrachent sa jupe et la mettent en position de levrette sur la selle d'une moto, ce qui lui permet de sucer et de se faire prendre à la fois.

Le premier motard, un homme d'une cinquantaine d'années, mal rasé, le bandana laissant dépasser ses grandes oreilles aux anneaux d'or, une énorme tête de mort accrochée autour de son cou, s'avance lentement. Il tient de sa main gantée de cuir son sexe à peine durci.

Il s'approche du cul de ma femelle. C'est le chef de la bande, tout le monde s'écarte, il est prioritaire. Un des bikers écarte les fesses d'Epolas pour que le vieux loubard plonge sa bite dans le cul de ma voyouse. Un cri de douleur se fait entendre mais l'ancien n'y prête aucune attention. Il lui attrape les hanches avec ses énormes mains et la défonce comme une brute. Les hurlements de souffrance se transforment vite en cris de jouissance.

Epolas lance :

– Baisez-moi, bande de salauds. Je ne suis qu'une petite salope qui adore sucer des bites. Toi, le vieux, bourre-moi bien le cul, montre-moi que tu es un vrai motard. Dépêche-toi, les autres attendent.

Le vieux motard a du mal car son érection n'est pas parfaite à cause des excès d'alcool.

– Casse-toi, lui crie-t-elle. J'en veux un autre. Je veux une bonne grosse queue qui me dilate bien le cul. Toi, rentre dans mon cul et défonce-moi bien.

Ma soumise se lâche. Tout naturellement, elle s'est posée en gourmande qui amène à elle ce qui lui donne le plus grand appétit. Elle organise son festin de reine. Entièrement nue, bronzée, sans aucun gramme de graisse sur son corps d'athlète, elle est bringuebalée par tous ces mecs qui la tournent puis la retournent, jouant avec elle comme une peluche. Les sexes vont dans tous les sens. Dans tous les trous. Elle crie et hurle de plaisir. Elle est dans un état de jouissance apocalyptique.

Je la regarde, je l'observe, je l'admire, je surveille les faits et gestes des participants, les capotes, les mains, l'environnement, son état de fatigue. Je suis son manager, son entraîneur, son amant, son maître, l'homme qui l'aime, et qu'elle aime.

La cadence baisse. Quelques hommes se rhabillent tout en faisant des commentaires. Les compliments tombent en pluie et les motos démarrent une à une dans un bruit d'enfer. Ils se mettent à tourner tous ensemble autour d'elle.

Mais Epolas suce encore une seule et dernière bite. Je la regarde branler un jeune homme. Je sais qu'elle a décidé de le faire éjaculer, je sais que c'est un défi. Elle ne s'arrêtera pas sans lui avoir fait cracher son sperme. Pas un motard ne bronche, tous la regardent sans dire un mot en tournant autour d'eux.

Subitement le jeune homme craque et laisse échapper un cri de plaisir. Elle le fait décharger sa semence dans sa bouche, dégage la bite et recrache lentement le sperme le long de son menton en le regardant droit dans les yeux. Le jeune homme est surpris.

Je m'approche d'elle avec le nécessaire de toilette rudimentaire : un litre d'eau et de l'essuie-tout. Elle se débarbouille, s'essuie et se rhabille.

L'ambiance est superbe. Les motards nous attendent. Epolas remonte sur ma bécane, épuisée et heureuse d'avoir vécu son état de salope de façon aussi grandiose. Elle se love dans mon dos pendant que je mets les gaz.

L'été se termine et le retour à la capitale se fait avec toutes ses réorganisations. J'ai mis en place avec Epolas un moyen simple de maintenir notre lien à distance. Nous échangeons pendant de longs moments par la Web Cam qui nous sert d'ombilic.

Un soir, elle m'annonce que son mari doit partir en mission. Je prends note du jour et contacte un de mes amis gode à pattes très souvent en déplacement dans sa ville. Les dates correspondent.

Le jour J est arrivé. Comme à chaque rencontre, nous discutons et refaisons le monde.

Je demande à Epolas de régler la Web Cam en direction de son lit. Après quelques réglages, la vue est parfaite. Je lui demande aussi d'allumer sa lampe de chevet pour que l'écran soit bien clair. Elle raille la précision de mes attentes pour mieux dissimuler son inquiétude. Je la somme d'aller entrouvrir la porte de son appartement et de se mettre entièrement nue. Il faut aussi qu'elle ajuste son bandeau et qu'elle se positionne en levrette. Elle rechigne un peu mais elle finit par obéir :

– C'est un ordre ma petite salope !

Ses refus me mettent en colère en même temps qu'ils me stimulent pour réaffirmer que je la domine. Elle m'a confié le soin de sa sexualité perverse que je m'emploie à éduquer et modeler.

Mon ami se trouve en bas de l'immeuble et attend impatiemment mon appel téléphonique. Après deux sonneries, il monte. Il a toutes les instructions et surtout l'interdiction de parler. Elle le connaît et je ne souhaite pas que cela gâche son plaisir.

Je la vois s'installer dans mon petit écran et je lui donne des instructions.

Une ombre apparaît dans la lumière. C'est notre homme, nu, se branlant le sexe déjà bien raide. Ce genre de situation l'excite au plus haut point. Je lui demande de prendre Epolas directement par la chatte. Sans aucun ménagement. Je veux qu'il la baise comme une pute qu'elle est vraiment. Elle me le prouve tous les jours d'ailleurs. L'homme s'exécute sans broncher. Ce scénario les amène tous deux en émoi.

L'homme introduit son énorme verge dans son vagin, la prend par les hanches et se met à la défoncer sans retenue. Epolas crie de plaisir car elle raffole d'être prise par des inconnus.

J'ordonne à ma soumise de se mettre sur le dos, d'écarter ses cuisses le plus possible et d'ouvrir son cul avec ses mains. Elle obéit bien, surtout quand elle sait que je vais lui faire prendre son pied. Pour ça, elle est toujours la première ! C'est une salope dans l'âme :

perverse, sans pudeur, ni frein. Elle a fait disparaître ses tabous et ses retenues grâce à moi. La voilà devenue une parfaite vicieuse.

Elle met ses jambes en l'air et puis écarte son cul. L'homme se branle sans s'arrêter car il ne veut pas perdre son érection. Puis, il s'approche de ses fesses et enfonce sa bite affamée dans sa chatte de belle petite putain.

Le spectacle est incroyable. Savoir que je suis en direct m'excite au plus haut point. Je me branle derrière mon écran. Mais savoir que je dirige le jeu est encore plus enivrant. Je suis un maître en la matière. Tout le monde a sa part de gâteau dans mes scenarii. Personne ne se plaint jamais d'ailleurs.

En me branlant la bite raide, je crie à mon ami :

– Allez-y, défoncez-la cette petite salope de merde ! Vous voyez bien qu'elle n'est rien. Alors profitez-en ! Elle en profite dès qu'elle le peut, il n'y a pas de raison que vous ne le fassiez pas non plus !

Epolas se met la tête dans l'oreiller pour ne pas réveiller les voisins. Elle est en train de prendre un plaisir incroyable, cette petite perverse. Au bout d'une dizaine de minutes, je donne l'ordre à mon étalon d'éjaculer.

– Epolas, mettez-vous à genoux. Il va éjaculer dans votre bouche et vous allez recracher sa semence dans le creux de votre main puis me la présenter devant la Web Cam.

Un instant plus tard, elle me présente le foutre de l'homme avec un large sourire. J'entends la porte se refermer. En avançant son visage devant la caméra, elle veut me dire quelque chose. Je vois sa poitrine se lever et s'abaisser. Son cœur bat fort. Sa respiration est saccadée. Enfin, elle parle :

– Vous avez vraiment des idées de folie monsieur, je vous aime mon maître.

Epolas cherche du travail. Je dois dire que parfois cette recherche me surprend et est à la limite de la crédibilité et du rocambolesque. Un de ses soi-disant amis banquiers lui fait part qu'un de ses confrères est à la recherche d'une assistante de direction. Sauf que le rendez-vous a lieu dans un hôtel belge.

Je ne la crois pas. Qui pourrait penser cela possible : une interview d'embauche dans un hôtel ! Elle m'assure du contraire.

Elle s'y rend et dès son retour me fait part des détails. Selon elle, tout s'est bien passé. C'est alors qu'un deuxième rendez-vous est programmé dans quinze jours. Le salaire est soi-disant mirobolant, le nouveau patron est très sympathique. Tout s'est très bien passé à nouveau.

Elle me téléphone du bar pour me dire que tout se passe à merveille et qu'elle attend son ami banquier qui doit la reconduire à l'aéroport, celui-ci étant à un rendez-vous d'affaire. Je la crois. Du moins, j'en fais mine. Je joue au naïf et j'abonde dans ses mensonges.

Il est évident qu'il s'agit d'un plan cul. Les actes faits sans mon consentement me sont insupportables. J'ai mal.

Mon cœur saigne. Mais elle, elle a son côté pute qui ressort sans arrêt. Et parfois, il ressort quand je ne suis pas là. C'est sa nature. Pourtant, je n'arrive pas à imaginer qu'elle prenne du plaisir sans moi. Parce que je l'aime sincèrement et profondément. Parce qu'elle est à moi. Parce que c'est ma soumise et qu'elle ne peut être à personne d'autre. J'enrage de sa légèreté égoïste qui m'affaiblit et qui me rend triste. Elle est vraiment ridicule car avant de me connaître, elle organisait déjà ce genre de plan. Je ne comprends pas sa démarche, vraiment. C'est dans ces moments-là que j'aurais vraiment envie de la cravacher à sang. De ne plus contrôler mes pulsions et de lui faire mal jusqu'à ce qu'elle m'ait dit cent fois « pardon ». J'aimerais pourtant qu'elle me dise la vérité. Ce serait plus facile à vivre pour moi car je croirais à sa sincérité à plus de cent pour cent. Mais là, elle me ment. J'aimerais aussi lui dire que je ne la crois pas mais je ne le fais pas. Pourquoi ? C'est peut-être de la fierté ? Ou de l'inconscience ? Peut-être la peur de prononcer une sentence définitive, mettant un terme à cette relation qui me nourrit encore. Je ne sais pas mais tout ce dont je suis sûr c'est que je déteste le mensonge dans la bouche d'Epolas.

La vie parisienne reprend son agitation et pour une fois, le mari de ma soumise nous accompagne. Et pour lui faire plaisir, je lui organise ce qu'il aime : des gangs bangs très hards ajoutés au black, blanc, beurre.

Il est vingt et une heures quand nous quittons la Cave et embarquons dans ma voiture. Nous nous dirigeons vers le nord de Paris. Comme à son habitude, le périphérique est saturé. Entre-temps, nous discutons ou plutôt meublons le temps libre. Epolas est sereine, bien installée à l'arrière de la voiture, décontractée et joliment vêtue. Au rendez-vous : minijupe, petit top rouge, chaussures à hauts talons avec par-dessus un manteau très chic.

À l'approche de notre destination, je lui demande de mettre son bandeau sur les yeux. Nous allons sortir du périphérique. C'est alors que j'aperçois mon ami, en faction au feu tricolore, qui nous attend. C'est lui qui me donne le feu vert.

Je m'engage dans un parking à six étages et c'est au dernier que nous avons rendez-vous, en terrasse donc.

Lentement, nous gravissons les étages où les pneus émettent des crissements incroyables dus au sol fraîchement repeint. Nous arrivons enfin.

C'est une vraie merveille ! Nous dominons une partie de Paris. Il n'y a pas de mots pour le dire mais la capitale est divinement belle. Dehors, le temps est doux. Le vent balaie doucement nos rêves. Nous faisons un tour du parking afin de trouver le meilleur emplacement et ce, tout en admirant la vue magique.

Le mari de ma soumise déniche un endroit légèrement en contrebas et qui nous permet de surveiller les allées et venues. On aperçoit la rampe d'accès et la sortie de l'ascenseur. Un dernier rapide tour d'horizon. Non, il n'y a pas de caméra.

Epolas nous attend dans la voiture. Elle sait ce qui l'attend d'autant plus qu'elle connaît les goûts de son mari. Je vais la chercher, puis la dirige, toujours les yeux bandés, sur le lieu que nous avons choisi, c'est-à-dire un emplacement de parking libre situé dans un angle.

Je la déshabille et la mets dans un petit coin, les mains derrière le dos. Un premier homme sort de l'ascenseur et cherche où nous nous sommes mis. Je suis content qu'il ait eu du mal à nous découvrir. Cela signifie que notre emplacement est sécurisé. Maxime va le chercher et lui explique les règles du jeu.

L'ascenseur s'ouvre à nouveau. Un, deux, trois, quatre, cinq hommes sont à leur tour sollicités. Un bruit de voiture vient à nos oreilles. Une petite inquiétude arrive en nous. Nous surveillons de très près tous les mouvements du parking pour éviter de faire échouer le jeu. Et voilà mon ami avec trois autres personnes. La voiture se gare et les quatre jeunes hommes descendent du véhicule en claquant leurs portes, ce qui a l'art de faire sursauter Epolas. Elle a peur.

Elle est là devant nous, frêle, nue, les mains dans le dos et elle attend toujours. Je sais qu'elle adore s'offrir à des inconnus sans retenue. Les hommes s'avancent. Des regards s'échangent et découvrent la jeune femme qu'ils vont baiser dans quelques instants. Ils attendent mon autorisation pour l'assaut. Je leur rappelle les règles d'hygiène. Je leur demande de ne pas introduire leurs doigts dans le cul ou dans la chatte d'Epolas. Bien évidemment, le préservatif est obligatoire. Enfin, je les informe que ma salope suce mais n'avale pas leur semence.

Quelques-uns se masturbent pendant mon petit discours afin de gagner du temps et d'être les premiers à se servir d'Epolas.

– Messieurs, elle est à vous, leur dis-je et immédiatement, ils se ruent sur elle. En un rien de temps, Epolas est assaillie par une nuée de mains qui recouvrent son corps. Les vestes tombent, les braguettes s'ouvrent, un méli-mélo impressionnant, les uns retirant et pliant leurs vêtements soigneusement, les autres les balançant n'importe comment pour ne pas perdre de temps.

Epolas est à genoux. Elle suce, elle branle, elle passe de bite en bite, lèche les couilles. Bref, elle ne sait plus où donner de la tête. Les mecs se branlent, la traitent de pute, de salope, de traînée. L'un d'eux la dirige de façon à la prendre par-derrière en même temps qu'elle suce et la baise commence.

Un par un, ils la défoncent à fond, chacun a sa façon de la prendre, l'un l'encule, l'autre la baise. Pendant qu'un autre la lèche, elle suce et branle toujours en poussant des cris de plaisir et de jouissance. Tout gesticule ! Deux portent le corps de ma soumise et lui écartent les cuisses, l'offrant dans cette position à leurs amis, qui viennent s'empaler sur elle, chacun à leur tour.

En la prenant, ils lui parlent :

– Tu la sens ma grosse bite dans ta chatte de pute, une vulgarité qui ne déplaît vraiment pas à ma salope. Elle leur demande alors de la baiser encore plus, sans retenue. Un autre dit :

– Défonce-la avec ta grosse bite de noir.

Le black l'encule alors sans retenue. Elle n'émet aucun son de douleur. Pourtant, il la bourre comme un malade et interpelle ses amis pour qu'ils regardent comme elle a le cul défoncé. Il retire et remet son énorme engin à plusieurs reprises dans son petit cul. Enfin, elle hurle de plaisir.

– Messieurs, j'aimerais que l'on passe à l'éjaculation, dis-je.

Je demande à Epolas de s'agenouiller les mains dans le dos. Je lui retire son bandeau pour qu'elle voie toutes ces queues et qu'elles lui crachent dans sa petite gueule de catin.

Les mecs se branlent de plus en plus fort et se déchargent enfin, chacun à leur tour, où ils le désirent, sur les seins ou sur son visage, dans les cheveux. Elle en a partout. Tout coule sur elle !

J'ai apporté une robe vichy à carreaux noirs et blancs avec un petit chemisier blanc incorporé. Une robe de petite fille sérieuse. Je la somme de la mettre. Elle ne veut pas la salir avec tout son sperme. Elle n'a pas à discuter et elle enfile donc sa robe par-dessus le foutre et en profite pour s'essuyer le visage.

– Mettez-vous à genoux dans le coin du mur petite salope, lui dis-je.

Je dis alors aux hommes que comme elle est sale, il faut la laver. Je leur ordonne de lui pisser dessus jusqu'à la dernière goutte. Ils ne se font pas prier. L'urine est abondante. Il y a des jets dans tous les sens. Sa robe n'est plus qu'une loque. Sa chevelure est trempée. Elle adore se sentir humiliée.

En la remettant debout, je la dirige vers la voiture puis l'enroule dans une couverture bien chaude pour qu'elle monte dedans. Je salue nos amis en leur souhaitant une bonne soirée. Son mari nous rejoint.

En voiture, elle serre sa couverture sur elle. Elle se met à sentir toutes ces odeurs qui lui rappellent des bites en chaleur. Arrivés à la Cave, elle sort de la voiture et son état est visiblement piteux. Des passants se demandent vraiment ce qu'il se passe, surtout avec ces odeurs d'urine et de sperme. Elle marche devant nous sans traîner. En entrant, je lui ordonne d'aller dans la salle de bains pour m'attendre. Elle acquiesce sans broncher.

Je me déshabille alors puis la rejoins. Elle est debout, les mains dans le dos. Nu, je règle l'eau chaude à la bonne température puis je rince l'ensemble de ses cheveux et sa robe. Elle sent l'urine et le sperme mélangés, vraiment une odeur insoutenable et je lui fais remarquer :

– Vous êtes une traînée, mettez-vous à genoux, lui dis-je.

Je déverse le shampooing, lui lave ses longs cheveux puis lui retire la robe et continue mon travail de nettoyage. J'aime la cajoler après une séance d'humiliation intense, qu'elle perçoive la complexité de mes sentiments à son égard. J'aime l'humilier car je sais que c'est sa quête, en même temps que je hais la voir souillée, s'avilissant dans ce plaisir bestial qui est le strict opposé de la féminité. Mes mains parcourent son corps et participent à sa purification réparatrice.

Après vingt bonnes minutes, ma voyouse est toute propre, impeccable, sentant agréablement bon. Amoureusement, je lui sèche les cheveux et elle se laisse faire comme une petite fille avec sa maman. Elle est douce. Rassasiée. Elle me regarde à travers ses cheveux qui volent de gauche à droite sous le vent du sèche-cheveux. Je la regarde à mon tour d'un regard fort. Je l'aime et elle m'aime, la symbiose réapparaît avec la présence de son mari, arbitre et stabilisateur de nos sentiments.

Epolas ne peut pas se contenter d'une relation classique avec les hommes. C'est une grande cérébrale. Il lui faut des mises en scène, des situations hors normes. Tous les hommes que je croise rêvent un jour de devenir son dominateur, c'est pourquoi, quand elle me trompe, je m'empresse de lui trouver un nouveau jeu. Non pas parce qu'elle me trompe, mais seulement de peur qu'elle ne m'échappe. Être dominateur, c'est une simple question d'appartenance et de pouvoir. On ne peut pas parler d'amour dans notre relation mais de sentiments passionnels. C'est évident. Je me surpasse en permanence. Epolas aussi. Elle ne triche jamais. Quand je la domine, elle est toujours prête pour son plaisir et pour me prouver qu'elle adore nos jeux.

Être soumise est très excitant et bien plus palpitant qu'une relation sexuelle classique. L'abandon de toute responsabilité, de toute volonté, être dirigée entièrement par moi lui permet d'accéder à un niveau extrême de ses fantasmes. Maintenant, il lui est difficile ou pratiquement impossible de vivre des histoires de baise classiques. Toutes ces escapades avec d'autres hommes ne sont que passagères. Il lui faut impérativement se prouver qu'elle est désirable en permanence. Elle est terrorisée par la vieillesse et la peur de ne plus plaire, de ne plus séduire. Elle se remet en cause chaque jour et entretient son corps quotidiennement. Cela permet de tester et de continuer allégrement ces tromperies que je découvre aisément. Car ses mensonges sont repérables. Je la connais si bien.

Elle m'aime ou m'apprécie pour ce que je lui fais subir. Son attachement est très certainement dans ce que je lui apporte. Mon affection est aussi dans ce qu'elle m'offre, son côté sans limites. Nous avons des relations de tendresse comme chaque couple. Nos séparations sont très dures à vivre, nous ne pouvons pas vivre l'un sans l'autre. Nous nous donnons des nouvelles chaque jour. Souvent, nous nous téléphonons plusieurs fois par jour. Après m'avoir demandé si je voulais bien être son dominateur, je lui ai expliqué que nous allions très certainement sombrer dans des sentiments d'affection qui dépasseraient les actes de domination. Je lui ai dit qu'il ne fallait pas qu'elle perde de vue sa vie de couple.

Nous savons tous les deux qu'il n'y a aucune issue possible dans notre union. Le seul point commun entre le dominateur et la soumise, c'est la possession: Ne touche pas à mon maître, ne touche pas à ma soumise. La chamaillerie commence: où commence la domination, où s'arrête la soumission ? Quand son mari l'emmène à un gang, je suis touché et j'ai tendance à être dans des sentiments de colère. Elle a beau me dire qu'elle ne convoite pas la bite d'un homme, je ne le supporte pas. De son côté, elle me reproche aussi de dominer d'autres femmes. Ça la met aussi dans des rages folles.

Pourtant, nous sommes toujours ensemble, liés comme des jumeaux incestueux.

Ma relation avec Marie la contrarie et pourtant nous partons en vacances ensemble durant deux semaines pendant lesquelles les maris viennent alternativement nous rejoindre.

Nous passons souvent la première semaine en amoureux. Alternant les jeux à quatre, le farniente sur la plage et la baignade en microstring au bord de la piscine où les regards insistants des messieurs sont braqués sur leurs petits culs. Sans oublier les parties de billard en minijupe laissant apparaître leur quasi-nudité. Il n'y a pas un jour sans sexe en plus des diverses occupations comme des balades nocturnes sur la plage ou au bord de l'eau, entièrement dévêtues. Au restaurant, les pauvres serveurs ne savent plus qui est la femme de qui.

Un soir Julien et moi avons décidé de leur faire une petite surprise.

Lors de nos promenades nocturnes, ces dames marchent toujours devant nous, complètement nues en papotant les pieds dans l'eau. Nous étions, Julien et moi, sur le sable à quelques dizaines de mètres en retrait d'elles.

L'hôtel s'étend sur plusieurs centaines de mètres en longeant la plage, la partie centrale comporte plusieurs piscines, quelques restaurants, bars et dancings représentant divers pays. La troisième partie étant les chambres, toutes avec vue sur la mer. Pour s'y rendre, il faut bien évidemment passer par le terre-plein central.

Nous laissons ces dames prendre quelques dizaines de mètres d'avance et puis nous nous éclipsons discrètement pour aller nous cacher derrière un arbre tout en possédant leurs vêtements comme trophées. Marie se retourne au bout de quelques minutes. Toutes deux s'arrêtent et nous cherchent. Elles s'interrogent et discutent longuement de leur nudité. Enfin, elles prennent la décision de rentrer. Elles n'ont pas le choix.

De notre cachette, nous les observons. Il y a plusieurs centaines de mètres à parcourir avec des embûches terribles comme contourner un bar bourré de monde, passer devant le restaurant à moitié vide et éviter les allées et venues des vacanciers parcourant l'hôtel. Elles se décident donc à partir et courent d'arbre en arbre, de murets en murets. Elles se cachent tout en observant les environs.

Nous décidons avec Julien de sortir de notre planque et de converger vers l'endroit où elles se trouvent. Elles nous aperçoivent. Elles sont telles des collégiennes qui s'apprêtent à faire le mur pour la première fois.

À quelques dizaines de mètres de là, nous leur faisons un petit coucou et nous nous dirigeons vers nos chambres. Nous montons au premier étage de l'immeuble pour mieux les observer. Elles sont là, figées, à attendre qu'il n'y ait plus personne. Le spectacle est drôle vu de notre place. Nous distinguons clairement les allées et venues des vacanciers.

Qui a pris la décision ? Nous ne le savons pas mais d'un seul coup, elles sortent de leur cachette et se mettent à courir comme des folles, franchissant les obstacles un à un en rigolant. Je dois dire que je suis incapable de dire si quelqu'un les a vues nues ou pas. Elles nous rejoignent dans l'escalier, essoufflées en nous traitant d'ignobles maîtres.

Depuis quelques jours, le temps change, l'atmosphère s'alourdit. Le ciel est gris. Des éclairs annoncent parfois quelques gouttes de pluie. Une averse se prépare et les sacs de plage se remplissent à la hâte. La pluie s'amplifie. La cadence s'accélère et les gens se mettent à courir sur la plage pour rejoindre rapidement leurs chambres. Nous nous pressons aussi. Les trois cents mètres qui nous séparent de l'appartement se font en un temps record. Nous voilà dans nos chambres. Une pluie diluvienne s'abat immédiatement. Quelque chose de terrible que l'on voit rarement en Europe. Pourtant, la magie est là : le spectacle est superbe surtout quand on reste à l'abri, comme nous, sur le balcon.

Je demande à Epolas de se vêtir d'une robe noire sans aucun dessous. Ni string ni corsage. Je veux qu'elle sorte et qu'elle aille se promener dans les allées, les mains dans le dos, en adoptant un rythme de marche tout à fait normal. Elle obéit. En sortant de la chambre, elle entend le bruit fracassant de la pluie et du tonnerre.

Adossé au balcon, je la regarde sortir et marcher selon ma demande. Je ne suis pas le seul à admirer le spectacle surnaturel qui s'offre à moi. D'autres couples sont également au balcon pour regarder la pluie s'abattre sur nous. Certains s'étonnent immédiatement en apercevant ma soumise marchant seule, avec une robe trempée par les grosses gouttes d'eau et les mains dans le dos. Dignement, elle marche pieds nus, fixant l'horizon sans baisser la tête.

Son corps est alors mis en évidence, montrant ses jolies formes sensuelles et parfaites. Son corps cuivré dans ce fourreau noir fait penser à une déesse venant d'un autre univers. Cela semble même surnaturel. Les gens autour doivent la prendre pour une vraie folle. Marcher ainsi sous cette abondante pluie ! Elle fait le tour du parc et s'arrange pour réapparaître devant notre balcon, toujours aussi digne, impassible, marchant d'un pas très assuré. Sa beauté est impressionnante. J'en suis séduit. Elle disparaît de mon champ de vision. J'entends la porte de ma chambre s'ouvrir et elle entre en se lançant dans mes bras. Elle m'embrasse, trempée, les cheveux en bataille. Sans pouvoir se contrôler, elle s'agrippe à moi et à chaque baiser qu'elle m'offre, elle me dit : « Je vous aime monsieur ».

Une flaque d'eau s'est créée sous nos pieds. Elle est trempée, ma petite salope. Je lui retire sa robe, la douche, la baise royalement et la prépare pour la soirée qui arrive à grands pas. Julien et Marie nous rejoignent dans notre chambre et nous dépeignent le spectacle qu'ils viennent de voir tout en savourant une délicieuse coupe de champagne.

Notre arrivée au restaurant n'a pas été une des moins remarquées car nos deux petites soumises sont toujours dans des tenues extravagantes. Epolas a un large collier d'acier au cou et porte une minijupe. Quant à Marie, elle porte un collier plus discret. Après ce qui s'est passé cet après-midi, cela jase à toutes les tables. Nous voilà repérés.

Les jours passent. Les vacances se terminent rapidement.

Depuis plusieurs mois, un projet de photo dans Paris me tient à cœur. Je décide de déjeuner avec un de mes grands amis photographe et lui explique ce que j'attends de lui. Sans sourciller, il me donne son accord.

Je lui ai demandé que toutes les scènes se passent en pleine journée, l'après-midi quand le soleil donne son meilleur éclairage. Epolas n'est pas prévenue de mon projet. Comme à son habitude, elle arrive le vendredi soir.

Ce soir-là, je lui organise une séance de domination en faisant extrêmement attention de ne pas marquer ses jolies petites fesses. L'envie de la cravacher est pourtant plus forte que tout. Parfois me reviennent en tête les moments où elle m'a désobéi ou manqué de respect. Mais cette soirée-là, je me retiens en affichant un léger sourire au coin des lèvres. Ce que je vais lui faire vivre bientôt sera ma plus grande joie.

Nous avons rendez-vous le lendemain à onze heures pour les premiers clichés. Je lui demande de prendre uniquement son manteau et d'être entièrement nue en dessous.

Elle me regarde de son regard profond qui me parle. Il me dit qu'elle a compris que le jeu commence sans savoir de quoi il s'agit. Un sourcil légèrement soulevé me confirme qu'elle est dubitative. Sans rien dire, elle s'exécute. Nous prenons la voiture.

Le rendez-vous avec mon photographe est donné à côté de la statue de la Liberté. Je gare mon véhicule sur les quais puis nous nous rendons sur l'île. Mon ami nous attend. À sa vue, Epolas se rassure car elle le connaît et le salue.

Mon ami l'informe qu'il va faire des photos d'elle dans toute la capitale. Comme Epolas adore son corps, elle acquiesce avec un large sourire. Le photographe propose de commencer à l'endroit où nous sommes car il a repéré un site où les photos d'Epolas auront un décor la mettant en valeur. Bien évidemment, nous commençons par la statue de la Liberté. Sans aucun mal, ma soumise pose comme elle le veut. Les clichés sont pris de façon tout à fait normale.

Le bord de Seine est à présent prévu au programme. Nous nous y rendons sans tarder et constatons que les promeneurs sont nombreux. Évidemment, il faut trouver un bon moment pour faire nos photos. Je ne veux surtout pas choquer les gens puisque notre mission est de faire des photos sympathiques de Paris. L'envie me prend de la photographier nue au passage d'une péniche.

Tous les bateaux font le tour de l'île et passent forcément devant nous. En voilà un qui se présente à une centaine de mètres. Directement, Epolas prend la pose : nue avec son manteau sur les épaules. Mon ami regarde partout, derrière moi et moi derrière lui. Nous réinventons le tir croisé.

Tout semble parfait pour prendre un cliché osé : Epolas me lance son manteau et voilà que l'appareil photographique commence à la mitrailler. Je lui demande de faire des « coucous » à la péniche car il est impossible au conducteur de nous poursuivre s'il est choqué. Ma soumise s'en donne à cœur joie ! Qu'il est bon d'exhiber son corps nu en plein jour !

L'appareil se déchaîne. Est-ce l'appareil ou mon ami ? En tout cas, les « clics » n'arrêtent pas. Certains visiteurs applaudissent et des sifflements sortent du petit navire. Pour une première, c'est tout à fait réussi. Ma soumise est heureuse car elle n'avait jamais fait cela auparavant. Elle est fière et m'offre son plus beau sourire.

Je lui remets son manteau puis nous nous dirigeons sous le pont de Bir-Hakeim. Depuis fort longtemps, j'avais prévu de faire quelques photos avec ma muse sous le pont, là où des colonnes en enfilade disparaissent dans le lointain. Ce sont des prises de vues très compliquées car il faut gérer les passants et les automobilistes. J'explique immédiatement mes souhaits à mon ami photographe. Epolas est à l'écoute et nous définissons ensemble une stratégie.

Je vais donc marcher à côté de ma petite soumise en regardant derrière le photographe. Lui va regarder derrière moi sans se soucier des automobilistes qui ne peuvent découvrir la scène que très tardivement.

De plus, à cet endroit, il est pratiquement impossible de s'arrêter. Nous faisons quelques essais, Epolas habillée, avant de passer à l'acte. Le réglage semble correct. L'attente se fait longue. Il y a toujours des passants qui traînent.

Le « start » est lancé ! Elle me balance son manteau et marche d'un pas lent et certain vers le photographe. À nouveau, celui-ci la mitraille. Il ne faut surtout pas qu'elle s'arrête. Il n'y a que mon ami en réelle action. Il court à toute vitesse pour la rattraper et recommence à plusieurs reprises. Elle se décale comme prévu et fonce derrière une colonne. Je lui donne son manteau pour qu'elle se couvre. Encore un défi relevé ! En se rhabillant, Epolas rit à gorge déployée en me racontant sa version. Elle me prend le bras et le serre fort contre elle. Je lui dis que la séance photo est loin d'être terminée. Elle m'embrasse tendrement d'un baiser sur la joue.

Nous remontons à notre point de départ en discutant comme si de rien n'était. Nous sommes naïfs parce que, dans nos délires, nous ne nous sommes pas vraiment préoccupés des véhicules qui passaient par là. Certains ont dû se régaler car ils ont dû remarquer la scène et ont certainement tourné au bout du pont pour revenir lentement sur leurs pas et admirer nos prises de vues.

Direction l'Arc de triomphe. Nous faisons le tour de la place à pied. Il y a vraiment beaucoup de monde et qu'un seul endroit possible où nous mettre pour avoir beaucoup de luminosité. Le monument se trouve derrière nous. Ma petite star s'assied sur un banc.

Devant elle, il y a un très bel édifice. Cela semble être une ambassade car il y a quelques drapeaux qui flottent au vent.

Nous attendons avec beaucoup de patience le moment opportun, toujours avec la même technique : l'un regarde derrière l'autre et Epolas attend les ordres.

Au moment où tout est au point, ma petite soumise ouvre son manteau et c'est reparti pour une série. Mon ami donne des instructions claires pendant que je surveille. Il ne faut pas se faire prendre par la police. On fait une pause et on reprend directement. Epolas pose comme vient son envie. Elle est très naturelle. On dirait qu'elle a fait cela toute sa vie.

Nous partons tranquillement rejoindre ma voiture tout en prenant quelques clichés d'Epolas sortant d'une station de métro. Nous sommes à deux pas de la place de la Concorde et d'un commun accord, nous allons figer sur le papier ma petite soumise à poil dans un des endroits les plus beaux de la capitale. Difficile de se garer, alors je reste dans la voiture. Je dois rester vraiment très proche d'eux pendant que les photos se prennent.

Epolas se prépare. Elle garde son manteau. Il suffit qu'elle l'ouvre au bon moment. Tout à coup, une bande de Japonais arrive. Elle leur emboîte le pas puis ouvre son manteau derrière eux. Une rafale de photos se fait entendre. Les Japonais sont très contents. Surtout, ils n'ont rien vu !

À quelques mètres de nous se trouvent deux policiers. Nous n'avons pas osé faire plus. Avec le recul, je ne regrette pas car je respecte trop ce qu'ils font. Il faut tout de même rester correct.

Après avoir photographié la tour Eiffel, les quais de Seine et bien d'autres endroits, nous décidons de rentrer tranquillement dans notre donjon, accompagnés du photographe qu'il faut bien évidemment dédommager.

J'ordonne à Epolas de descendre et de nous attendre sur le lit en position de levrette. Elle s'exécute sans mot dire. Elle aime trop ça ma petite salope ! Je donne les dernières instructions à mon ami puis je l'envoie copuler avec ma petite pute.

L'accouplement fut bref et intense. Les hurlements étaient à la hauteur du plaisir car c'était une énorme bite qui lui défonçait le cul.

Après avoir dégusté notre traditionnelle coupe de champagne et notre bref passage au restaurant, je décide de lui faire une surprise. Depuis quelques semaines, mon envie de lui poser des anneaux me trotte dans la tête. Elle en a déjà un sur le capuchon de son adorable clitoris. Mais qu'elle ait une paire d'anneaux aux grandes lèvres me plairait assez. Je pourrais lui mettre un petit cadenas, ainsi elle me serait un petit peu plus fidèle. Une manière à moi de la posséder complètement et d'affirmer notre relation.

Je lui annonce mon désir des anneaux. Je lui dis aussi que pour moi, l'acte symbolise l'appartenance et la soumission. Je lui rappelle qu'elle est libre de refuser.

À mon grand étonnement, elle accepte directement :

– J'accepte, mon amour de maître.

Heureux, je la mène dans les entrailles de mon donjon et l'allonge sur la table des supplices. Elle écarte ses longues jambes et me lance un dernier regard avant que je bande ses jolis yeux.

Un baiser amoureux sur ses lèvres pulpeuses est le signe de notre nouveau pacte, symbolisé par sa nouvelle infibulation. ERA en sourdine. J'ai tout mon matériel de piercing. Je choisis ses anneaux. J'applique l'antiseptique sur ses grandes lèvres. Je déchire l'emballage de l'aiguille et de la pince qui agrippe une de ses grandes lèvres. Un petit cri de douleur accompagne le percement. Je passe l'anneau et pose la petite boule de l'autre côté. Et d'un. Pour le deuxième, il y a beaucoup plus d'émotion car il achève la symbolique de mon acte. La voilà percée. Elle se relève et me serre dans ses bras.

– Merci mon maître.

Marie porte depuis plusieurs années mes anneaux. Il est vrai que les jeux et les intérêts des deux jeunes femmes sont très différents. Marie est une soumise hors normes, une femme fidèle, aimante. Elle porte des anneaux pour le symbole de l'appartenance. Je sais que jamais elle ne se ferait dominer et encore moins baiser par un autre que moi.

Epolas est très différente. Elle est divisée par des intérêts parfois contradictoires, ceux de son mari, d'elle et de sa relation à son maître.

En ce qui concerne son époux, il est bien évident qu'à aucun moment je n'interviens.

C'est assez pratique pour Epolas. Elle est couverte très officiellement. Je sais qu'il lui fait des demandes et qu'elle exécute sans sourciller ses désirs de gang bang dans des lieux insolites. Il adore voir sucer sa femme et se faire défoncer le cul.

De temps en temps, je vais lire ses annonces sur Internet et je reste surpris par ses textes : « Elle peut être confiée par son mari à un homme seul très directif ». Ou encore : « Rendez-vous sexe ensemble ou séparément. Libres le soir et le week-end ». Il est un fait que cela ne me convient pas, tout comme ses mensonges. Ils sont assez désagréables à découvrir et à ce moment-là, j'ai le sentiment d'être bafoué et trahi et qu'elle m'utilise pour son propre plaisir. Je reconnais que son plaisir me convient parfaitement. Je la domine et c'est une soumise exceptionnelle. Je la baise parce qu'elle est une baiseuse hors normes. Sans oublier le fait que je sois très fier de l'avoir à mon bras. Sa beauté me ravit, son corps est à lui seul une véritable exception. Mais c'est ainsi.

Je m'achemine aujourd'hui vers sa ville d'adoption.

Une ville où je connais beaucoup de monde. Pendant le voyage je pense à l'organisation d'un nouveau jeu que j'ai construit, avec son mari et un de mes amis.

Un gang bang dans un sex-shop.

Le malaise persiste pour moi. Une sensation étrange que ce qui va se produire nous amène sur une pente irrémédiable.

Je me laisse convaincre à contrecœur. Le fait que je ne connaisse pas les participants me déplaît. Je ne maîtrise donc pas certains paramètres comme la propreté, l'hygiène, l'esthétique, tout ce qui contribue à la réussite d'un événement. Je peux faire du très glauque ou du très hard tout en faisant une mise en scène. Mais je trouve que dans des situations que je ne maîtrise pas, c'est pratiquement impossible. Jamais je ne perds de vue la femme qui m'a été confiée. Je veux qu'elle reparte avec des souvenirs exceptionnels.

Soudain, je prends conscience qu'Epolas ne m'appartient pas vraiment. Épine douloureuse que voilà.

Avant tout, elle a une vie de famille, un rôle d'épouse et de mère. Un sentiment frustrant même si sa soumission m'est pratiquement dédiée. Lorsque je suis au loin, ce rêve me touche le bout de l'âme et l'espace d'un instant, je me mets à penser qu'elle m'appartient, corps et âme.

Un sentiment de tristesse fait suite à cette douloureuse piqûre de rappel. Je voudrais avoir une soumise comme elle, à mon entière disposition jour et nuit. Je l'aurais installée dans un pavillon de ma propriété où j'en disposerais selon mes propres désirs. Je la rejoindrais sans qu'elle en connaisse le moment exact. J'aimerais avoir cette chance qui n'a pas de prix et qui est un immense cadeau que l'on pourrait me faire.

La réalité me pince à nouveau. Je sors de mes pensées, frustré, agrippé par le rire charmeur d'Epolas. Je suis en sa compagnie et celle de son mari en train de déguster une coupe de champagne avant notre départ gastronomique. Ce retour à la vérité me fait saigner le cœur mais je ne dis rien. Un regard hagard perdu cinq secondes dans le labyrinthe de mes pensées et me voilà en train d'écouter Epolas. Elle me demande la tenue qu'elle doit porter. Aussitôt, une réaction vient en moi. Un léger mal de ventre, une excitation même. Je sais qu'elle est maligne cette petite salope parce que suivant ses tenues, elle devine ce qui va se passer. Je sais qu'elle me connaît, dans le moindre détail, dans le moindre son de voix. Prudence donc.

Je lui ordonne de s'habiller B.C.B.G. car nous allons au restaurant, lui dis-je. Très chic, très strict mais je veux qu'elle resplendisse. Je veux qu'on la remarque. Tous ces regards pour elle ne font de moi que l'homme le plus heureux de la Terre. Nous allons aller ensuite boire un verre dans un café sympa. Je l'informe que le lendemain soir, elle devra porter une minijupe sans string en dessous. Il y aura de la domination et plus, si elle est sage. Elle acquiesce en bonne petite chienne qu'elle est. Son regard étincelle. Sa perversité est mise au grand jour. Je constate que c'est sa vraie nature qu'elle est en train de me montrer. Au grand jamais, elle n'a eu de comportements extravertis. Elle EST ainsi. Être putain, cela ne s'improvise pas et en vérité, je n'en ai jamais douté.

Nous mettons nos vestes et nous dirigeons vers la sortie. L'air est bon, revigorant et pourtant, je n'ai pas le cœur léger. Je soupire en mettant un pied dehors. Le jeu commence, pour une fois, à contresens. J'assiste à mon pire cauchemar, celui où je décide de garder les yeux ouverts. Ouverts pour la protéger de quoi que ce soit. Ouverts comme pour me faire mal et qu'à nouveau je constate les différences entre son monde à elle et le mien. Nous nous dirigeons vers le fameux restaurant situé à quelques rues du sex-shop. L'entrée est éclairée et un tapis rouge nous attend. L'endroit est bondé et nous rentrons. En avant le spectacle. Des dizaines de paires d'yeux sont rivées sur nous. Je vibre littéralement de ce plaisir simple. Epolas s'assied à côté de moi, son mari et son ami en face de nous.

Je n'ai pas faim à vrai dire mais c'est avec une envie d'oublier la suite du programme que je commande un succulent plat dont l'esthétisme rassure mes inquiétudes. Les conversations sont anodines, tournant autour de l'actualité. On parle du monde, de ses catastrophes, des changements à faire, de la beauté des villes. Tout y passe.

Nous terminons le repas que nous payons et son mari nous invite à prendre un verre dans un soi-disant nouveau café-concert non loin de là. Epolas me tient comme à son habitude le bras. Je sens sa chaleur, je sens à nouveau les effluves de son corps, entremêlés de notes fleuries. Un brin de ses cheveux vient me chatouiller l'oreille. Je la regarde amoureusement. J'aurais voulu la garder près de moi, ainsi, des heures. Elle me taquine un peu de son joli sourire. Puis nous nous approchons du sex-shop.

Epolas me dit qu'il y a quelques années, son ancien maître lui a fait faire une exhibition dans cet établissement. Étonné, je lui demande plus de renseignements à ce sujet. Il faut dire que je n'aime pas qu'elle me parle de ses anciens maîtres. Je n'ai pas envie de me situer dans le même sac qu'eux. Je voudrais être unique pour elle.

Pourtant, je l'écoute en me disant que cette exhibition était « marrante ». Je ne lui demande pas d'autres détails. En avançant, j'interpelle son mari qui marche à quelques pas devant nous. Je lui propose d'aller faire un tour dans la boutique en vue. Il accepte évidemment et nous poussons l'épais rideau de velours rouge qui se trouve à l'entrée. La boutique est très belle car les murs sont recouverts de magnifiques affiches érotiques. Dans une lumière tamisée, les rayons sont parfaitement rangés. Nos yeux circulent partout. Tous les deux, nous nous attardons sur la littérature érotique. Des œuvres japonaises entre autres. Mais aussi sur des images assez abruptes où l'on voit des femmes sucer des queues en érection, dotées de lèvres et de vernis rouges, aux corps parfaitement huilés ou enduits de sperme blanc épais.

Nous passons également un long moment sur les objets sexuels tels que godes, vibros, fouets et martinets, avec les commentaires qui leur sont attribués. Il y a de belles matières comme le marbre ou le cristal. Je l'épie discrètement. Elle aurait envie de tout acheter pour se foutre ces objets dans tous ses orifices de sale petite pute perverse. Elle salive déjà et commente de façon à ce que chacun puisse l'entendre. Il y a un peu de monde qui circule dans les allées ainsi que des hommes qui regardent d'un œil le film porno qui passe et, de l'autre, Epolas. Ils s'imaginent sans doute qu'elle est l'héroïne de ce stupide film. Un homme se gratte les couilles. Je parie qu'il bande sec. Il insiste encore plus fort. Epolas se retourne et ses yeux se dirigent directement vers cette bite qu'elle imagine bien grosse, bien dodue, délicieuse à lécher.

Un des vendeurs nous interpelle. Il nous informe qu'à l'étage se trouve une salle de cinéma dont l'entrée est gratuite et les cabines privées payantes. Epolas me regarde en guise d'un « pourquoi ne pas aller voir ? ». Je remercie le vendeur et nous décidons donc d'aller y faire un tour. Nous montons les quelques marches qui nous séparent de l'étage et en arrivant sur le palier, elle me demande d'aller aux toilettes. Je l'accompagne car je lui dis que je ne veux pas la laisser seule dans un endroit pareil.

Arrivée devant les toilettes des femmes, je lui fais prendre la direction des w.-c. hommes. Nous rentrons dans la pièce où deux hommes pissent dans les latrines et un autre se lave les mains. Ils sont étonnés mais leurs regards dégoulinent d'envie. Ils la prendraient bien sur ce sol puant la pisse juste pour soulager leur petite douleur au sexe.

Leurs regards se posent intensément sur nous. J'ordonne à ma chienne de pisser à côté de l'homme qui urine. Sans broncher, elle soulève sa jupe, avance devant le récipient de faïence jaunâtre et pisse comme un mec. Son jet est puissant et bien droit. L'odeur de son liquide est forte. Il mousse dans le fond de la cuvette. Les hommes sont à nouveau médusés. Pas un mot ne sort. Chacun fait ce qu'il a à faire. Un remet sa bite dans son pantalon, l'autre s'essuie les mains. À son tour, Epolas se lave les mains. Elle me regarde d'un air qui me dit « Satisfait mon maître ? ». Son mari nous attend. Nous nous dirigeons vers la salle de cinéma qui est quasi pleine. Les quinze ou vingt sièges sont pris. Il ne reste plus que nos trois places situées au centre de l'écran. Epolas se place entre son mari et moi. Nous regardons le film tranquillement, sa tête posée sur mon épaule.

Subitement, une main venant de la rangée de derrière passe entre nous deux et se fraye un passage pour aller se loger dans son entrecuisse. Une deuxième passe de l'autre côté et lui caresse les seins. Elle me regarde, surprise, mais je la rassure. Elle ne doit pas s'inquiéter. Et ce qui devait arriver, arriva. En un clin d'œil, ses cinquante kilos sont enlevés et transportés devant l'écran. Elle se fait déshabiller entièrement.

Immédiatement, je récupère ses affaires pour les ranger dans un endroit à part. Elle est affolée. Je vois son regard qui me cherche. Les hommes sont comme des fous ! Les braguettes s'ouvrent. Ils sont déchaînés. Qui va la baiser en premier ? Elle suce, elle branle. Elle est rentrée dans le jeu, ma petite chienne.

Ils ne savent pas que mon pitbull va les mettre hors-service dans l'heure qui va suivre. Ils sont tous ridicules. Les capotes sortent de leurs poches. Ils sont là autour d'elle, petits, insignifiants, barbus, mal rasés, mal fringués, grands maigres au regard de malades sexuels, se branlant frénétiquement en espérant une érection divine, regrettant certainement les grandes doses d'alcool ingurgitées, les laissant dans l'impossibilité de bander entièrement. La nausée me prend, mais la fierté d'observer ma belle soumise vient adoucir ces sentiments d'écœurement.

Un gros adipeux au ventre tombant, la quarantaine, a le visage violet avec un souffle court. La sueur lui perle au front, il se damne, le bougre, pour mettre son préservatif sur sa petite bite à peine durcie. Indélicatement, il prend Epolas par les hanches, vise un de ses trous, triture son sexe dans tous les sens puis la pénètre violemment. Son ventre recouvre les fesses de ma soumise.

L'image est pathétique. Je trouve ce spectacle désolant. J'observe la scène entière et n'en retire aucun plaisir, aucune gloire. Tout ceci ne me ressemble pas.

L'homme fait des va-et-vient. Son énorme pantalon recouvre ses chaussures, son slip est à peine propre, son gros cul flasque aux énormes joues ballotte à la cadence de ses coups de reins.

Pourtant, ma salope prend son pied. Elle suce tout ce qui passe devant sa bouche et branle toutes les queues autour d'elle. Son mari, en retrait, regarde la scène, la bite à la main et se branle pendant que j'essaie de faire la police. Toutes les religions sont pressenties pour la baise ! Tout le monde s'entend !

Une pensée me vient : on devrait organiser d'énormes partouzes dans le monde et nous n'aurions peut-être plus de guerres. Dans le fond, mourir d'une maladie sexuelle est quand même plus agréable que de crever d'une balle dans la tête.

L'espace d'un instant, voir cette scène me dégoûte à nouveau. Ils sont tous là, du plus vilain au plus laid. Non. Il n'y a pas de beaux mecs. Ce soir, c'est la cour des Miracles. Ça sent la sueur, le sperme, le mal lavé, le mal habillé. J'ai honte, moi qui adore ce qui est beau. Et pourtant, elle aime se faire démonter par des individus de tout genre. Elle raffole du hard limite crade. Ici, nous sommes à la limite des clodos et des affamés du sexe.

Je m'en doutais, à vrai dire. Je me suis caché la vérité mais à présent, cela me fait de la peine de la voir avec des hommes aussi minables et aussi sales. Je décide d'arrêter car je ne supporte plus ce navrant spectacle.

Je me mets à crier :

– Videz-vous les couilles !

Epolas s'allonge sur le tapis brun immonde. En même temps, je lui retire son bandeau. Elle aime voir les hommes se branler autour d'elle. Son regard fait un rapide tour d'horizon. Je serais curieux de savoir ce qui se passe dans sa tête en ce moment précis. Elle doit penser très certainement qu'elle est vraiment une pute.

Celle qui ne choisit pas et qui se fait baiser par n'importe qui. Elle me dit souvent qu'elle adore faire la pute. Elle aime le côté obligation, la contrainte, l'impossibilité de choisir. Le client qui paye lui plaît, non pas pour l'argent mais pour l'obligation du résultat.

Ils sont autour d'elle à se branler. Le sperme gicle.

À grand renfort, des cris de jouissance se font entendre. Les uns essaient de viser en dirigeant leurs sexes, les autres ne jugeant pas utile de déposer leur semence à un endroit précis, laissent le hasard s'occuper de l'impact.

En quelques minutes, elle est recouverte de sperme. Le responsable du *sex-shop* arrive avec un énorme rouleau d'essuie-tout. Heureusement, il a prévu le rouleau industriel...

Elle se rhabille, se recoiffe et la voilà toute neuve ma petite salope. Un verre à la terrasse d'un café et nous refaisons tous les trois un tour d'horizon de notre petite soirée. Madame est satisfaite, son mari aussi. Moi pas.

Nous rentrons tranquillement pour une nuit de sommeil bien méritée. Le lendemain, je l'accompagne à la gare et elle repart vers son monde, sans moi.

Quand elle s'éloigne de moi, son corps ne m'appartient plus. Elle retourne dans son univers, avec son mari qu'elle adore et ses deux enfants. Elle repart dans une routine qui lui convient bien. Chaque départ est pour moi un déchirement. Ce soir-là, sur le quai de la gare, je lui donne un dernier ordre en lui tendant un petit paquet bleu. Perplexe, elle l'ouvre immédiatement. Elle s'attend peut-être à quelque chose de grandiose mais non. Une petite culotte de la marque « Petit Bateau » blanche à petites fleurs bleues. Elle croit à une blague. À voir sa tête, c'est certain. Les passagers assis confortablement dans leurs fauteuils ont l'air amusés.

– Une culotte ! dit-elle. Que vais-je bien faire de ceci ?

L'ordre est clair.

– Chère madame, j'exige que vous la portiez toutes les nuits. Même si votre mari vous baise, je veux que vous la remettiez après. Dans un premier temps, il serait dommage de salir vos draps. Ensuite, je vous interdis de la laver. Je veux que toutes les nuits, elle soit sur votre petit cul et petit sexe en chaleur.

Elle exécute mes ordres sans discuter. Elle remet sa petite culotte dans son sac au moment où le contrôleur du train siffle pour annoncer le départ. Par la fenêtre qui l'emmène loin de chez moi, je lui souffle un dernier « je t'aime », à peine audible, dans son cœur de pierre.

Durant un mois, elle a exécuté mon ordre. Chaque fois que son mari lui laissait un petit souvenir juteux dans son entrecuisse, elle remettait sa petite culotte, presque virginalement. Un jour pourtant, je décidai qu'elle me la remette. Je voulais sentir l'odeur de ses désirs, de ses actes de salope, de ses envies froides.

À peine arrivée chez moi, elle me prévient que l'odeur est nauséabonde et rebutante. Une légère « croûte » s'est formée au milieu de la culotte laissant apercevoir des craquelures jaunâtres. Elle me la tend dans un sac plastique de peur de ma réaction face à sa violente odeur.

À première vue, elle a tout à fait raison. Son état est pitoyable, pas frais du tout et pire, la culotte à l'air toute molle tellement les tissus ont été imbibés de mouille et de sperme abondants.

Je lui demande de me suivre dans ma cuisine. L'odeur nous suit. Epolas a l'air amusé. Devant elle, j'ouvre un grand bocal à confiture vide et décide de déposer « la relique » à l'intérieur. Sur l'étiquette extérieure, j'écris son nom.

J'aurais eu envie de mettre « culotte de salope » mais j'ai préféré la mettre à côté des autres bocaux d'épices ou de sucre par symbolique.

Comme tous les autres ingrédients, elle épice ma vie. Et pour cela, je la remercie de rendre mes « plats » si savoureux.

⚜

Sa présence est un moteur pour moi.

Mon imagination se met à gambader, c'est une excitation purement mentale où elle est l'élément physique, l'engrenage qui va faire que tout va prendre forme. C'est une satisfaction personnelle de voir qu'un rien peut me donner des envies particulières. Ce qui fait un dominant, c'est avant tout sa force mentale, sa puissance de rêves. Car tout doit être parfait.

Cette fois-ci, Epolas ne vient pas seule. Son mari Maxime l'accompagne. Quand il est là, les jeux prennent une autre forme. Quand elle vient seule, je ne lui dis jamais rien de mes plans car j'aime lui réserver la surprise.

Pourtant deux jours avant leur venue, elle me téléphone. Elle m'annonce que son mari a organisé une rencontre avec un couple parisien. Elle me dit qu'elle n'a pas osé me le dire de peur que je me fâche. Je suis étonné de ce changement mais Maxime est son mari et a tous les droits. J'abdique donc, à contrecœur. Pourtant, je la rassure et lui demande si je dois annuler notre soirée. Elle répond par la négative.

Une envie de la faire enrager me prend. Aussitôt, je lui confirme que je vais maintenir la soirée du vendredi mais avec une autre soumise se prénommant Delphine. Un silence se fait entendre au téléphone et Epolas explose de jalousie. Je lui indique qu'une rencontre organisée nécessite toujours du personnel de remplacement car cela prend beaucoup de temps. Un grand nombre de personnes sont impliquées dans le jeu et je lui confirme que je ne peux annuler cette soirée car ma réputation est également en jeu. Elle traite Delphine de salope, cette putain qui m'a contacté à la parution de mon livre. Elle devient vulgaire et lourde. Cela l'insupporte.

Quelle audace, me dis-je. Elle qui me ment, elle qui est froide comme de la glace, elle qui me renvoie, elle qui se joue de moi et elle ne peut tolérer que je voie une autre soumise. Quel comble !

Je suis réellement contrarié et lui dis qu'elle connaissait le programme de son mari et qu'elle a mis plusieurs jours à m'informer de ce changement. Au dernier moment, je ne peux défaire mes plans. Je lui conseille de suivre son mari car là est son choix. Elle vit avec lui et c'est lui qu'elle doit satisfaire avant tout. À nouveau, elle s'emporte. Je la salue et lui souhaite bien du plaisir avec ce couple. L'expression de sa jalousie est un maigre butin face à mes frustrations, mais le jeu avance dans ce sens. Est-ce encore un jeu d'ailleurs ?

Les jours passent et je suis certain que les pensées de ma salope vont bon train. Elle doit avoir des images de moi dominant Delphine. Je savoure sa rage car pour moi, il s'agit là d'un juste retour des choses. Au fond, je peux très bien faire souffrir aussi, même si ce n'est pas ma vraie nature. Je suis sensible et respectueux. Mais je dois avouer que pour une fois j'en tire un certain plaisir.

Le vendredi arrive. Je suis dans ma Cave. Mon instinct me confirme qu'Epolas va passer me rendre visite avant de rencontrer le couple parisien. Je la connais par cœur et à me souvenir de sa fureur, j'ai même l'impression qu'elle va sonner très bientôt à la porte d'entrée.

Comme à chaque jeu, je dresse une petite table bordée de coupes de champagne, organise une lumière tamisée accompagnée de ma très précieuse musique d'ERA provenant de la salle des supplices dont le volume assez haut peut s'entendre jusqu'à l'étage de la réception.

À entendre la sonnette, je me mets à jubiler. Il est bon de savoir que mes intuitions ne me trompent jamais. Le vidéophone de la porte d'entrée me confirme leur arrivée. Pourtant, avant de leur ouvrir, je la regarde sur le petit écran. J'ai envie de la faire patienter quelques instants. Je la vois discuter avec son époux, faisant des gestes nerveux et impatients. À nouveau, elle sonne. J'actionne l'ouverture de la porte depuis le second sous-sol et monte les escaliers tranquillement afin de la croiser dans l'entrée. Son visage est décomposé car elle n'a aucun doute sur la présence de

Delphine, sa concurrente. Ses yeux sont luisants, presque en larmes. Son sourire exprime la détresse. Je la trouve si fragile dans ce pitoyable état.

Je fais mine d'être surpris par leur présence. Elle m'explique qu'ayant encore un peu de temps devant eux avant leur soirée, ils en profitent pour me saluer gentiment. Je les remercie et les invite à boire une coupe de champagne. Ils refusent. Je les fais néanmoins entrer dans le salon où sur la table gisent deux coupes de champagne laissant apercevoir un désordre certain. Elle fulmine. Et j'adore ça ! Je leur parle calmement et leur pose des questions sur leur voyage. Une conversation des plus banales qui a l'art de la rendre encore plus impatiente qu'elle ne l'est déjà.

Finalement, Epolas, n'y tenant plus, me pose des questions sur Delphine. Elle veut même savoir si elle est là. Je lui confirme qu'elle est en bas et directement, Epolas me demande si elle peut la voir.

Je lui refuse sa demande.

– Bien sûr que non, lui dis-je. Je ne m'impose pas chez les gens que vous allez voir ce soir. Faites-en de même Epolas.

Elle insiste par un « je veux la voir ! ».

À nouveau, je refuse en lui expliquant que la jeune femme est venue ici pour la première fois et que je veux qu'elle savoure le plaisir d'être dominée par le maître qui l'a tant fait fantasmer à la lecture de mon livre. Sans un mot, son visage s'assombrit. Ses yeux s'inondent. Sa gorge se noue. D'un seul bond, elle se lève et m'informe qu'ils vont partir. Bien entendu, Maxime ne réagit à rien.

La voilà seule dans sa tristesse et dans son désarroi. Pour une fois, son mari me sauve la mise. Elle est totalement désemparée.

Tranquillement, je les accompagne vers la sortie.

Arrivée devant la descente de la Cave, elle plonge dans l'escalier. Heureusement, j'ai juste le temps de lui saisir le bras.

– Vous voulez descendre sans mon consentement petite écervelée ? lui dis-je assez fermement.

Je suis fâché de son audace. Qui croit-elle être pour faire ce qu'elle veut chez moi ! Elle me confirme qu'elle veut voir cette putain qui ne l'aime pas ! Je la saisis violemment par le bras, la tire même de force dans les escaliers et descends avec elle au second sous-sol. Maxime reste en haut, impatient.

Les quelques marches de l'escalier sont rapidement descendues. Je soulève le lourd rideau de velours bordeaux qui sert de portière à la grande pièce des supplices éclairée par quelques bougies. Je lui prends son autre bras que je plie dans son dos et la retourne violemment face à moi. Je la regarde dans les yeux.

– Voyez-vous, Epolas, il n'y a personne ici. Je sais que vous venez de vivre un horrible moment. Alors pensez qu'un jour cela vous arrivera vraiment.

Elle s'effondre dans mes bras en se faisant toute petite. Elle me lance un « Je vous aime, monsieur ». En pleurant, elle m'avoue que si elle avait vu Delphine, elle l'aurait giflée de rage. Nous remontons au premier niveau où son mari nous attend de plus en plus impatiemment. Je leur donne une clé et leur souhaite une très bonne soirée.

Je passe la nuit tranquillement. Dans la matinée, Epolas me téléphone pour me dire qu'ils n'ont pas dormi chez moi et qu'ils arriveront pour le repas du midi car ils souhaitent que nous mangions ensemble.

Pendant le repas, j'évite de poser des questions. Je les laisse m'expliquer leur soirée. C'était une soirée chez un couple dans un très chic appartement parisien. Le mec baisait super bien. C'est pourquoi ils sont restés dormir sur place.

Je leur dis que je suis en forme car ayant dormi seul, j'ai de l'énergie à dépenser. Ce soir, Epolas va devoir donner de sa personne. Je leur propose donc une petite sieste cet après-midi. Dans la soirée, j'organise une séance d'une extrême violence. Je sais qu'elle aime ce genre de séance après avoir péché. Elle adore être rossée, punie en quelque sorte, pour se laver de tous ses excès. Il m'est d'ailleurs arrivé de lui demander d'aller se repentir dans une église et de demander pardon pour le mal qu'elle me fait. Ensuite, j'ai prévu une tournante avec cinq godes à pattes. La défonce classique qui ne mérite guère d'explication. Et pour terminer, un très bon repas avant de retourner au lit, cette fois avec son maître.

L'été revient déjà et avec lui l'annonce de ma prise de quartier au Cap d'Agde. C'est ce week-end que ma soumise arrive avec son mari. Après des retrouvailles détendues et toutes vacancières autour d'une coupe, j'ai projeté de les emmener dans un lieu incontournable du libertinage moderne : le Glamour.

Nous partageons la même joie de nous trouver ensemble. C'est comme si nous nous étions quittés hier. Maxime est en forme et content d'être en vacances. Epolas s'habille suivant ma demande : robe longue largement échancrée sur le devant en velours rouge laissant voir son sexe, un serre-taille noir, le chignon très B.C.B.G., bas et chaussures vernies noires. Notre arrivée au restaurant ne passe pas inaperçue. Le repas est divin, nous avons comme à notre habitude parlé de tout et de rien. Nous nous acheminons ensuite vers le lieu de débauche où Epolas est prise en véritable petite catin par une bande de mâles excités. Épuisés, nous rentrons chacun de notre côté en donnant rendez-vous à Epolas le lendemain en fin de matinée dans mon appartement.

Une balade à moto avec un autre couple d'amis est au programme. Cette balade a pour réel but de faire faire un saut à l'élastique à ma soumise. Marie l'ayant déjà effectué, il faut impérativement qu'Epolas le fasse elle aussi. Bien évidemment, elle ne sait pas ce qui l'attend. Nos amis arrivent et nous partons tous les quatre sur des petites routes de campagne à la recherche d'un bon restaurant que nous découvrons dans un petit village de montagne. Le repas est simple et bon, l'ambiance aussi, nos petites soumises font de l'effet avec leurs minijupes.

Départ pour l'enfer du saut. Le décor est splendide. La nature est luxuriante. Nous avons très chaud sur nos motos car le plateau du Larzac est une région très rude. J'aperçois l'ancien chemin de fer qui longe la montagne et le pont qui traverse la vallée. Nous nous arrêtons une centaine de mètres avant le site sous prétexte d'une petite balade à pied. Courte balade et en quelques minutes, nous voilà tous les quatre sur le pont.

Elles comprennent très rapidement pourquoi elles sont là.

Il y a beaucoup de touristes qui admirent le spectacle. Ce sont plutôt des voyeurs qui aiment voir en direct les émotions de la personne qui saute. Cela peut sembler malsain. Mais j'aime ça et c'est sans tarder que je me dirige vers la personne qui vend les places. Il y a encore une place disponible pour ma voyouse.

Heureusement, car j'ai vraiment envie de la voir frissonner en se jetant dans le vide. Elle qui n'a peur de rien. Là, j'aime monter d'un cran mes exigences. Je demande au vendeur s'il est possible que mon « amie » saute sans aucun vêtement. C'est un pari, lui dis-je et j'ai envie de le gagner. Il me confirme ma requête mais me demande d'éloigner les enfants s'il y en a. Il ne tient pas à avoir d'ennuis.

Je me tourne alors vers l'assemblée et le leur demande. Tous acquiescent et un homme éloigne son bambin. Epolas monte quelques marches de l'escalier en bois qui permet de se trouver sur le parapet du pont. Tout en faisant cela, elle se retourne et me regarde droit dans les yeux. On dirait que le monde s'est arrêté de tourner autour d'elle et elle ne voit que son maître. Un sourcil oscille. Elle se pince les lèvres.

Epolas commence à montrer des signes de peur. Elle me fait signe de la tête. De mon air le plus autoritaire, je lui fais signe de la tête. « Oui, vous devez sauter petite chienne. Vous êtes soumise, vous obéissez ». Quelques dizaines de secondes plus tard, elle est toujours là. Je m'approche d'elle et de ma voix la plus froide possible, je lui dis :

– Allez, Epolas, vous allez sauter les bras en croix en n'émettant aucun son de votre bouche.

Le moniteur accourt et me dit que si elle ne peut pas, il est préférable d'annuler. D'un air mécontent, je lui dis qu'elle est ma soumise et qu'elle se doit d'obéir. Le moniteur est consterné. Il retourne à sa place et encourage Epolas.

Elle ouvre les bras. Le moniteur lui donne les dernières consignes. Le vent est léger, ses cheveux virevoltent doucement. Je l'admire à nouveau dans ce corps parfait. Un décompte se fait entendre : cinq, quatre, trois, deux, un, sautez ! Et enfin elle saute ! Comme je le désire. Sans aucun son. Je regarde son saut. Elle remonte plusieurs fois. Je vois son visage souriant. Ce fut magnifique et tellement inoubliable puisque c'était sa première fois.

J'aurais pu penser au pire. Mais elle semble ravie, tout comme l'homme qui l'a réceptionnée en bas.

Elle revient à moi et m'embrasse intensément. Ses yeux me disent qu'elle m'aime. Elle frissonne encore. Sans un mot, elle se rhabille et me rejoint. Nous repartons tous les quatre. Mon sac à dos est rempli de beau matériel pour d'autres frissons.

À pied, nous suivons la voie ferrée qui mène sous un tunnel, abri idéal pour dénuder nos soumises. Nous marchons sans nous soucier du temps et admirons l'environnement. Le décor est grandiose et nous décidons de pénétrer dans un endroit quelque peu boisé, un lieu où la nature décide du sort de ses visiteurs. Le passage est difficile. Les nombreuses ronces nous barrent le chemin et griffent nos soumises. Les orties se mêlent aux ronces comme introduction à leurs tourments.

La progression est plus facile pour Mick et moi et nous ouvrons le chemin. Comme par enchantement, nous découvrons un endroit plat, ensoleillé dont la végétation est plus qu'accueillante. Nous décidons de nous arrêter. J'extrais de mon sac à dos, un bandeau pour Epolas, puis une corde qui me permet de l'attacher à un arbre, les mains en l'air.

Mick impose à Fany, qui se trouve quelques mètres plus loin, la position de levrette. La nature a repris son silence. Le vent fait frissonner les arbres et nos pas font craquer les brindilles de bois mort. Mick me demande le martinet et frappe Fany d'un coup violent.

La surprise est à la hauteur de son hurlement. Le monde de la forêt s'est arrêté un instant. J'imagine les petits rongeurs, les cigales, les oiseaux qui doivent se demander quel nouveau prédateur crie dans cette forêt. Le deuxième coup donné de la même façon n'a plus le même effet. Fany est déjà enfermée dans son carcan de soumise, sa libido monte les étages du plaisir, les lanières de cuir laissent de longues traces sur son postérieur. En quelques minutes, ses fesses sont écarlates. Mick aussi est excité. Il lui gueule :

– Écarte ton cul avec tes mains, ma salope !

Elle s'exécute, Mick sort sa bite et l'encule sans ménagement. Fany aime ces moments de sensualité bestiale, elle jubile sous les assauts.

Je profite de cette petite enculade pour aller cueillir des orties bien fraîches, comme je les aime. Je les cueille avec un chiffon car elles sont redoutables. La sodomie est terminée puisque mon ami a éjaculé dans son beau petit trou du cul. Elle n'a pas le droit de bouger ni de parler.

Je m'approche d'Epolas avec mon magnifique bouquet d'orties et la caresse tendrement. La réaction est immédiate et de petits cris commencent à se faire entendre. Puis, elle se trémousse dans tous les sens pour éviter les piqûres. Je lui retire le bandeau et la regarde dans les yeux, lui interdisant de bouger. Je caresse ses seins bien ronds, puis son ventre plat avec mes orties. Elle semble tétanisée et tremble de souffrance et de jouissance.

Elle en redemande en plus la masochiste ! Je continue lentement mes mouvements et lui ordonne d'écarter les cuisses. Elle a un moment d'hésitation puis exécute mon ordre. Ses yeux brillent de douleur et de bonheur.

Le bouquet marque son passage en laissant d'énormes cloques. Je la regarde dans les yeux et lui engouffre entre les cuisses la touffe verte piquante. Elle crie, n'a plus aucun repère : souffrance et jouissance sont sœurs. Mais elle ne referme pas les cuisses non plus. Je prends un malin plaisir à passer mon bouquet sur son sexe, sur sa raie du cul et ses fesses. Les cris deviennent plaisir.

J'entends un « Encore monsieur, encore, j'aime ça monsieur ».

Et moi qui croyais lui faire mal et peur à la fois. Me voilà donc dans la case plaisir. C'est moi qui arrête la prestation. Si je continue, c'est une cloque sur patte que je vais ramener au Cap. Juste un petit coup de vibro pour la forme, ce qui la rend encore plus hystérique et nous plions bagage.

Sur la route du retour, je la fais marcher à quatre pattes dans l'herbe à côté de moi. En vraie petite chienne et elle adore ça. Elle me suit rapidement en tirant la langue, de temps en temps elle me désobéit. Dès qu'elle repère un buisson d'orties, elle y frotte sa petite chatte et son petit cul.

– Epolas, venez ici, j'aimerais vous voir pisser le long de l'arbre.

Elle s'approche, je la caresse puis lui en donne l'ordre. Elle part en sniffant le sol, marque son territoire en s'essuyant le cul et la chatte dans les herbes et se dirige vers un conifère. Elle sniffe l'endroit où elle va uriner, lève la patte et pisse sur le sapin en remuant son petit cul pour faire tomber la dernière goutte. Elle se met à flairer son urine et gratte le sol avec ses pattes arrière et repart dans le chemin. Elle s'arrête et mange de l'herbe pour se purger.

Je l'attends, la félicite en lui caressant la tête et la fais obéir à différents ordres. Elle me donne la patte, me lèche, fait l'affectueuse, aboie quand elle est contente. Elle s'est vraiment mise dans la peau d'une chienne. Le plus extraordinaire, c'est que nous jouons sérieusement. Mick et Fany sont en admiration. Pas un commentaire, juste le bruit de l'environnement et le halètement de mon petit animal sauvage.

Nous nous rapprochons de l'entrée du tunnel, ce qui signifie que notre jeu de dressage se termine malheureusement. Nos deux soumises se rhabillent sans tarder.

Le retour fut à la hauteur de nos délires. Epolas est avec Mick sur la Harley, enlacée comme une amoureuse, son petit cul posé sur la miniselle, minijupe sans culotte qui laisse apparaître la raie de ses fesses au gré du vent.

Très beau spectacle à vrai dire. Le klaxon des automobilistes ou les appels de phares montrent le grand nombre d'admirateurs ! Maintenant, il nous faut raconter notre journée à Maxime.

Au restaurant, accompagnée de champagne, elle lui raconte tout en détail.

La fin d'un bon repas ne se termine jamais, au Cap, sans une envie sexuelle intense. D'un commun accord, nous nous dirigeons vers « Le Glamour », lieu incontournable de l'Europe libertine qui s'y retrouve pendant la saison estivale. L'établissement est très strict sur les tenues et le comportement. La musique, le service, la décoration et les coins coquins font que ce club dispose d'une grande renommée.

Après avoir franchi les multiples barrages amicaux, les bisous et les nombreuses perspectives d'invitations, nous voilà tous les trois dans le sous-sol, ou plutôt dans le ventre de l'établissement. La climatisation est à fond, la musique est en sourdine. Un autre monde s'ouvre à nous, composé de gémissements et de cris de plaisir. Les gens se croisent, s'observent, s'arrêtent pour regarder une scène, par-ci, par-là. Dans une grande salle, deux femmes font l'amour sur un gigantesque lit. Pas un geste déplacé, pas un commentaire négatif. Ici, nous sommes dans le Temple du Sexe.

Quelques mètres plus loin, plusieurs couples échangent leurs partenaires. Ils baisent, sucent, pelotent et prennent beaucoup de plaisir. Il y a un mur avec des trous et de l'autre côté, des femmes. Il suffit de passer les mains ou les sexes, le reste se fait naturellement. Enfin, j'ai trouvé un endroit pour ma petite salope.

Un couloir très large avec deux anneaux munis de cordes me permet de l'attacher les mains en l'air, face au mur.

Nous adorons, Maxime et moi, la laisser en pâture. Nous nous décalons de quelques mètres et regardons la réaction des gens. Un couple passe, observe, parlemente et revient sur le lieu. Il commence à toucher timidement Epolas tout en se demandant à qui appartient cette belle femme. L'homme et la femme regardent autour d'eux, puis prennent de l'assurance. Leurs mains s'enhardissent et vont explorer progressivement son intimité. Un autre couple observe la scène, se rapproche. La femme touche Epolas délicatement d'une main. L'homme du premier couple se fait faire une pipe de mise en forme. Ma soumise se cambre bien pour leur montrer ses fesses et le profond désir de se faire prendre.

La seconde femme se met à genoux et entame une feuille de rose à Epolas, qui se met à gémir de plaisir. Ces cris attirent d'autres couples, qui se bousculent. Les bras se tendent, les mains se frayent un passage, puis touchent et tripotent les différentes parties de son corps. La lécheuse disparaît sous la foule. La suceuse aussi. C'est incroyable, chacun en veut un petit bout ! L'homme qui se fait sucer est enfin prêt ou plutôt s'active à mettre son préservatif puis se fraye un passage. La lécheuse se dégage et il prend ma petite salope par les hanches en lui enfilant doucement son sexe dans sa chatte.

Le mouvement de va-et-vient s'amplifie ainsi que les cris de jouissance d'Epolas. Les hommes se branlent ou se font sucer par leur compagne. Chacun attend son tour. Le premier vient d'éjaculer et se retire avec sa capote pendante et pleine de sperme. Un jeune et beau garçon lui plante sa bite comme une brute, la bourre sans vergogne. Epolas hurle de plaisir, puis lui demande de l'enculer. À peine demandé, aussitôt exécuté. Il trouve l'ouverture de son cul, lui enfile sa bite d'un seul trait. Un cri de douleur ne le laisse pas complètement indifférent.

Vraiment il est là pour prendre son pied et n'a que faire d'elle. Il s'acharne sur son cul, lui met des grands coups de reins, lui plante son braquemart jusqu'aux couilles, la prend par le gras des hanches à pleines mains et continue son enculade. Il est en nage, sa compagne lui retire sa chemise. Son visage se crispe, il ferme les yeux, il s'époumone par un grand cri, enfonce son sexe au plus profond du cul de ma petite soumise, s'immobilise, fait quelques allers et retours pour bien se vider les couilles. Puis se retire.

Je m'approche d'elle, la détache et la prends par la main. Nous disparaissons dans les méandres des couloirs. Il se fait tard. Elle en a assez vu. Elle ne m'en veut pas de l'avoir laissée là, au contraire. Elle semble ravie. Autant j'aime maîtriser de telles situations, celles où je suis l'organisateur de ses plaisirs. Autant je hais les moments où elle prend la liberté de butiner ailleurs sans m'en faire part. Je souffre tellement dans ces moments-là.

La lumière s'éteint.

Elle dort au pied de mon radiateur, menottée pour toute la nuit.

Ce soir, nous avons rendez-vous avec plusieurs de mes amis dans un petit restaurant. La nourriture y est délicieuse et le patron très sympathique. À peine rentré, j'ai déjà envie de jouer. Dans ma tête se programme une scène. Elle me vient tout naturellement. J'aime transformer les gens qui m'entourent et faire que ces amis ne soient plus en situation banale mais en baiseur ou en baisé. Je sens que nous allons pouvoir jouer comme je l'aime.

À la fin de notre excellent repas, je lance un concours de jeu de langues. Aussitôt, les visages s'animent d'une excitation certaine. Leurs yeux se font autres. Il y a des chuchotements, les gens sont surpris par la tournure que prend cette soirée resto. Je demande que l'on débarrasse la table et je dirige ces six délicieuses petites salopes vers cette couche improvisée, je les fais allonger, les jambes bien écartées, les unes à côté des autres. Elles sont entièrement nues de manière à faciliter le jeu. On dirait une brochette qui va bientôt être dégustée. Le spectacle est magnifique. Les lampes deviennent tamisées. Les hommes attendent mes instructions. Je les fais languir encore un peu, j'adore ça.

Je leur dis :

– La règle du jeu est simple. Tous les hommes vont lécher un à un les six merveilleuses petites chattes et les femelles devront donner une note de un à cinq. Le gagnant se verra attribuer une fabuleuse surprise.

À peine ai-je donné le départ que le premier homme plonge sa tête entre les cuisses de la première femme. Celle-ci commence déjà à se trémousser, puis prend la tête de son assaillant pour mieux le guider. Le plaisir ne se fait pas attendre et la jouissance monte au créneau, tout comme les halètements et les cris qui envahissent le bistro. Ses comparses attendent leur tour dans le plus grand des silences, cuisses bien écartées. Elle lui attribue un cinq. Les autres sentent le désir monter en elles, de plus en plus fort. L'homme passe alors aux autres femmes pour la même opération. Elles prennent un plaisir incroyable, hurlent et en redemandent de plus belle ! La musique de fond du restaurant ne suffit plus. Entre-temps, pour ne pas avoir d'ennuis, le patron baisse le rideau de fer. Le restaurant est à présent pour nous seuls.

Je demande aux hommes inoccupés de se préparer pour la baise. Les capotes sortent des poches et enveloppent rapidement les sexes. Les langues sont remplacées par les bites, les six corps, côte à côte, se font baiser comme des chiennes, dans un vacarme puissant. C'est bandant d'être spectateur, au centre de ces plaisirs variés. Je bouge et me dirige vers celle qui va jouir, ou vers celle qui insulte son partenaire. Je reste dans l'ombre.

Dans tout ce brouhaha, je demande le changement de partenaire : les nouveaux arrivants baisent les chiennes pendant que les anciens changent de capote. On se croirait dans une vraie usine à baise où la cadence est imposée. Pas une minute de répit, même les serveurs y participent. Les capotes se remplissent. La fin approche car ces dames sont fatiguées. Leurs visages sont tirés, les cheveux défaits. La proclamation arrive enfin : le gagnant qui a eu la meilleure note se dirige vers moi. Il trépigne d'impatience pour sa surprise. Je lui annonce que c'est à lui de se mettre sur la table et de se faire sucer par les six belles femelles.

Tous fatigués, nous buvons une petite coupe de champagne. Ils parlent de leurs impressions, certains sourient, d'autres n'en reviennent toujours pas. Au centre de tout cela, je jubile de ces moments d'improvisation totale et de ces instants uniques.

Les vacances se terminent, la rentrée des classes approche, un nouvel emploi se profile, les engagements professionnels, les déplacements pour le travail réduisent notre liberté.

Et les débordements, je me doute depuis plusieurs semaines d'une relation avec son patron.

Les doutes puis la certitude. Lors d'un gang bang chez moi son sac se renverse, une lettre s'en échappe, l'en-tête de l'enveloppe est un laboratoire d'analyses médicales de Lille, alors qu'elle me certifiait qu'elle était chez elle.

Alors je lui écris cette lettre sous la forme d'une lettre qu'elle aurait pu envoyer à une amie.

« *Chère amie.*

La vie est vraiment compliquée, ou plutôt je me complique la vie. J'ai mon petit mari qui me chouchoute et qui m'organise des plans baise, mon maître qui m'organise de superbes séances, et je trouve le moyen de baiser avec mon patron.

Cela me pose réellement des problèmes, non pas de baiser avec le patron, il me baise très bien et en plus il me donne du travail.

Par contre je n'ose pas le dire à mon maître, et pourtant il se doute de tout. L'autre jour, je lui ai raconté que j'étais partie, l'après-midi, de chez moi, pas très en forme.

J'ai consulté mon médecin qui m'a prescrit des analyses. Eh bien devine. Il a découvert que j'étais partie la veille dans l'après-midi. J'avais rendez-vous chez lui le vendredi soir. J'étais donc malade (le bon Dieu m'a punie) un gang bang m'attendait au sous-sol, mon sac à main a été renversé au premier étage par un con de gode à pattes, ils n'ont pas voulu me déranger pour ramasser mes papiers, et pour cause, j'étais en pleine action, alors ils sont venus chercher mon maître pour faire le travail. Manque de chance pour moi, en ramassant les papiers, il a vu l'enveloppe (laboratoire d'analyses médicales de Lille). Bien évidemment il a regardé le billet de train qui lui confirmait mon départ de la veille pour Lille.

Le soir même il m'a demandé des explications, j'étais dans la merde, puis il m'a expliqué que j'étais partie une autre fois, un mercredi midi, pour Paris.

Alors là je lui affirme qu'il a tort, et pourtant encore merde, il a raison.

Paraît-il que j'ai fait une petite erreur dans ma stratégie de mensonge, ça m'énerve car il ne veut pas me dire où j'ai fait une erreur.

Par contre l'autre jour je lui ai dit que j'étais partie le matin, mensonge bien sûr, en fait, j'étais partie comme d'habitude la veille, eh bien il ne m'a rien dit.

Je suis arrivée, je lui ai sauté au cou et le tour était joué. Cela m'embête car maintenant il est la troisième roue du carrosse et vraiment il ne mérite pas ça, je suis vraiment une salope, nympho, je me mets dans une situation pas possible alors qu'il me domine comme un dieu.

Et je tiens à lui.

Maintenant je suis dans la merde : d'un côté mon amant et le travail, de l'autre mon maître que j'aime et au centre mon mari consentant.

J'ai bien peur de me faire licencier un jour, du côté du maître ça chauffe, par contre du côté travail, pour l'instant, je joins l'agréable à l'utile, mais attention, c'est un jeu dangereux, il ne faut pas que je tombe amoureuse de mon patron ou que lui tombe amoureux de moi car là, la décision sera vraiment chiante à prendre.

Ma pauvre amie, courir plusieurs plaisirs à la fois cause souvent des problèmes, bien souvent on perd tout.

Je t'embrasse, je te donnerai prochainement des nouvelles fraîches.

Chattes mouillées ne demandent qu'à baiser.

Je t'embrasse. Epolas »

Dès réception de ce pastiche qui me permettait de lui exprimer ma clairvoyance, elle me téléphone, extrêmement agitée :

– C'est quoi cette lettre, monsieur ?

– Votre histoire, madame. Vous savez Epolas, j'aurais tant aimé être au courant pour la continuation de nos jeux pervers, alors maintenant, c'est terminé Epolas.

Après cette sentence terrible, m'ébranlant tout autant qu'elle, je coupe sèchement la communication.

Une ou deux journées passent, je lui ai interdit de me téléphoner.

Je lui écris une seconde lettre.

« Madame,

Votre cœur est partagé entre moi et un autre, vous m'avez trompé ; cela suffit pour m'ôter le plaisir d'être aimé de vous, comme je croyais mériter de l'être, et pour me laisser dans la résolution que j'ai prise de vous interdire de me téléphoner et dont vous êtes si surprise.

Votre infidélité en est la cause.

Vous, madame, qui me faites paraître des sentiments de jalousie qui étaient des preuves certaines de votre passion.

Je ne vous reconnais plus, madame, allez-vous pouvoir me regarder de nouveau en face ?

Peut-être, madame, suis-je le maître qui mérite le moins d'être trompé. J'espère que vous serez honteuse de paraître si peu digne d'estime aux yeux de votre maître.

J'attends de vous une lettre me notifiant toutes vos infidélités, sans aucun oubli, et une lettre me demandant de vous pardonner. »

À la réception de la deuxième lettre, elle me téléphone.

Elle m'explique que c'est une relation de baise et non d'amour, et que cela n'est que passager, etc.

– Madame vous serez chez moi vendredi soir 20 heures, nue sous votre manteau, le sexe rasé, un plug dans le cul, une chaîne autour du cou, pas de bagage, votre carte d'identité et votre billet de train ; si vous n'êtes pas là, c'est terminé.

Le vendredi, en début d'après-midi, je téléphone pour l'informer que je serai à la gare, le téléphone ne répond pas, je lui envoie un texto, puis deux, puis trois, aucune réponse, j'en déduis qu'elle est dans le train. Je me présente à la gare et j'attends les trains en provenance de sa ville, il ne m'a pas fallu longtemps, elle avait pris le train de 16 heures, elle est allée se rafraîchir au café de la gare, a passé quelques appels téléphoniques, puis attendait.

Elle était à quelques mètres de moi. Je lui envoie un premier texto « moins 3 heures », je la vois lire le texto, aucune réponse. J'attends vingt minutes, « Je suis à la Cave, rejoignez-moi », pas de réponse, elle attend toujours son rendez-vous.

Il est 17 h 30, je décide de lever le camp, en pensant qu'elle a pris ce train parce qu'il est moins cher, et qu'elle attendait la bonne heure.

Pour la faire venir, et pour éviter de la faire attendre, je lui envoie un autre texto cinq minutes plus tard « Je sais que vous ne viendrez pas, je rentre chez moi, adieu madame. »

« Nous avions rendez-vous à 20 heures monsieur, j'ai pris le train à 18 h 30, j'ai hâte d'être avec vous mon cœur. »

Incroyable, elle avait donc un rendez-vous, et comme un imbécile je n'ai pas attendu, je suis vraiment crédule, l'amour rend idiot.

Le carillon retentit, elle est devant moi, tout sourire, elle m'embrasse.

— Vous sentez le sperme Epolas.

— Oh, comment vous êtes.

Je ne lui dis pas que j'étais à la gare. Blessé dans mon amour-propre et curieux de voir jusqu'où irait son mensonge.

— Asseyez-vous, madame.

Champagne, petits fours, et longue conversation, enfin elle m'avoue qu'elle baise avec son patron et aussi avec un professeur de ski.

— Madame, à partir d'aujourd'hui, les règles seront simples, vous m'informerez à chaque fois que vous serez avec votre patron.

Elle baisse les yeux sans dire un mot. Ces nouvelles règles sont pour moi l'acceptation de son être profond et une preuve de mon désir de maintenir ce lien, parfois si douloureux.

En signe de bonne volonté, elle me donne les dates de ses déplacements avec son patron.

— Epolas, vous savez, je suis dominateur. Si la situation vient de moi, il n'y a aucun problème, si je ne suis pas dans votre système, je ne peux l'accepter. Une soumise appartient à son maître, madame, et il décide pour elle. Les hommes sont bêtes, je vous l'accorde, mais vous aussi, il suffit que nous en parlions ensemble, pour que la même histoire devienne une superbe aventure.

À cet aveu dont je lui fais don, elle me rétorque:

– Vous savez monsieur que je suis une libertine. J'aime le risque, j'adore me rendre seule dans des endroits incroyables, peu fréquentables, aborder un mec dans la rue, me faire baiser dans des endroits improvisés, où quelqu'un peut arriver à tout moment, j'aime aussi que vous me preniez en flagrant délit de tromperie, et que vous me punissiez sévèrement, je sais aussi que je risque de vous perdre. Je baise monsieur, mais surtout pour le plaisir de l'aventure. Aimez-moi monsieur, comme je suis.

– Bien sûr que je vous aime, madame, mais je vous déteste tellement fort parfois que je me demande comment je peux vous supporter. Vous êtes comme moi: une voyouse. Prenez votre douche ma petite salope, ce soir, je vous emmène à l'abattage.

– Oh, monsieur.

– Oui, à l'abattage.

Un petit haut, un serre-taille, une minijupe, une paire de bas, un manteau. Nous voilà partis rue des Faussés Saint-Marcel.

Le taxi nous dépose devant la porte, la plupart des chauffeurs savent que c'est une boîte échangiste, leurs regards sont chargés de sous-entendus quand on leur demande de nous conduire à cette adresse; il nous est arrivé une fois de retrouver le chauffeur autour de la table de baise.

Je lui mets son bandeau dans le sas de l'entrée, et pénètre dans le club; tous les regards se braquent sur nous, je la dirige vers le vestiaire, retire le manteau, le petit haut et la minijupe.

Elle est là, devant tout le monde, avec comme seul vêtement son serre-taille, elle est magnifique, les hommes se rapprochent, les commentaires fusent :

– Elle est belle monsieur, on peut toucher.

– Non, messieurs.

Le garçon nous sert une coupe de champagne que nous dégustons goulûment.

Les hommes sont tous agglutinés au bar, ils attendent le signal du départ.

Je prends Epolas par les épaules, la dirige vers le petit escalier en colimaçon et la fais descendre prudemment.

Une longue file d'individus nous suit, une véritable chenille, je la dirige dans la salle du fond, il n'y a personne, la table est libre, je l'allonge, lui écarte les cuisses, la pièce se remplit, toutes les bites sont dehors, tous se branlent.

Elle attrape une queue dans chaque main, puis les branle, un homme au sexe très long enfile une capote, et me demande la permission de la prendre. D'un signe de la tête, je lui donne mon accord, il enfonce son sexe lentement dans le petit corps d'Epolas, ça n'en finit pas, c'est impressionnant, elle se laisse poignarder, puis se met à crier de plaisir.

J'avoue que ce soir-là, je l'ai faite prendre sans avoir de sentiment, quelques fois je refuse un gode à pattes pour différentes raisons, mais là tout était permis.

– Mon amour, mes sentiments en ont pris un sacré coup, et pourtant nous avons passé une nuit de baise invraisemblable, une nuit pour nous faire oublier les mauvais moments. Mais le fantôme du doute rôde et entache ces moments qui, autrefois, étaient synonymes d'osmose.

Le lendemain je l'accompagne au train, nous sommes en avance, nous nous dirigeons vers le café de la gare, je m'arrête sur la terrasse et je lui demande de choisir une place, elle m'emmène directement à la place où elle attendait deux jours auparavant.

Elle est aussi perverse que moi cette petite salope.

Nos nouvelles règles de jeu se mettant en place, la relation avec ma petite soumise se fait différente. Le masochisme évolue dans une douleur de savoir l'autre avec un adversaire potentiel.

Elle fait ses déplacements, avec son patron, et de mon côté, je lui envoie des photos de moi en train de baiser.

Ça la rend folle de rage mais je me dois de faire le pendant à cette relation adultérine pour ne pas sombrer dans la douleur d'aimer.

Notre prochain rendez-vous est prévu ce vendredi en fin d'après-midi.

Comme à mon habitude, je lui téléphone, et là le même scénario, ligne coupée.

Je devine rapidement qu'elle est dans le train, je lui envoie un SMS : « Relisez bien mon texto de ce matin ».

La réponse est longue à venir :

« Je serai à la Cave à 17 h 30, j'ai un rendez-vous à Vincennes avec mon patron. »

À ce message qui me fait l'effet d'un coup de poignard, je lui propose d'inviter son patron à prendre une coupe.

N'y tenant plus, je décide d'aller à la gare pour voir cet homme de visu. Sa voiture que j'ai aperçue une fois est très certainement au parking, c'est incroyable, je descends quatre étages du parking pour me trouver face à la Golf, je décide de garer ma moto à côté. Puis, après réflexion, je la gare dans la montée, c'est impossible de ne pas la voir, en plus, elle est très reconnaissable. Je n'ai pas envie de me dévoiler ; je veux garder les rennes dans cette aventure. Je serai l'homme de l'ombre.

J'attends le train, effectivement ils arrivent, se dirigent vers le parking.

Enfin j'ai vu le patron.

17 h 30, le carillon retentit, je lui ouvre la porte.

Elle n'est pas très bien, puis avoue avoir vu ma moto.

Le champagne est au frais, je lui offre un magnifique bouquet de roses jaunes, la couleur des cocus. Le symbole est important et nécessaire à mes yeux.

Madame rit jaune aussi.

Nous attendons des amis pour aller en club, soirée sympathique mais avec peu d'engouement. Elle se fait une quinzaine de mecs.

Les mois passent, l'ambiance est tendue, elle m'informe d'un long week-end en Angleterre avec le boss, pour le mois de juillet.

De mon côté, je lui explique que je vais à Barcelone avec ma petite Espagnole et qu'elle va m'expliquer la corrida. Elle est furieuse et raccroche. La jalousie prend le pas sur notre confiance réciproque. Elle pense certainement qu'elle n'est plus au centre de mon regard et en souffre dans son besoin d'être aimée et adulée. Ma colère se transforme en jeu pour qu'elle ne prenne pas la main sur ma position de maître.

Je prends donc contact avec Maria que l'on m'a présentée il y a quelques semaines, elle est ravie de venir me rejoindre au Cap.

Changement de programme : Epolas m'informe quelques jours avant qu'ils ne partent plus en Angleterre.

De mon côté, il m'est impossible d'annuler les vacances de Maria. Elle se prend à son propre jeu dangereux.

Par ce beau mois de juillet ma ravissante Espagnole arrive au Cap.

Un soir, je l'emmène à Bessan, lieu de prédilection pour la domination.

Nous sommes pratiquement seuls dans l'établissement. Je la ligote sur un poteau, et pour être plus à mon aise, je pose mon téléphone sur une étagère. La séance commence, Maria prend du plaisir, je lui demande si elle aime son maître : « Oui je vous aime monsieur », la séance continue, fouet, vibro, et jouissance à ne plus en finir. Un moment de paix pour moi où je me sens libéré de cette relation qui alourdit mon âme.

Le lendemain matin le téléphone retentit.

– Bonjour monsieur.

Sa voix est éteinte. Je pressens une colère sourdre derrière son ton neutre.

– Bonjour madame, vous avez passé une bonne soirée ?

– Moyenne, me répond-elle.

Pour ma part, je ne souhaite pas répondre à sa curiosité que je sens grandissante et pour éviter de la blesser, je réponds nonchalamment :

– Je ne me suis pas couché trop tard.

Elle explose littéralement à ce petit mensonge et m'assène :

– Ah bon, et pourtant vous étiez au donjon de Bessan.

Je nie l'évidence. Elle me rappelle douloureusement que nous sommes encore tellement liés l'un à l'autre.

– Si monsieur, vous y étiez. Si, quelqu'un vous a vu, et m'a téléphoné.

Je reste pantois, pris à ma propre dissimulation, en flagrant délit de mensonge. Le malaise me gagne. Cette sensation est désagréable.

– Alors il paraît que vous l'aimez.

Je nie encore cette affirmation. Epolas s'impose à mon esprit et vient balayer de ces quelques mots le plaisir de cette soirée avec Maria.

– Pourtant elle vous l'a dit.

– En fait, monsieur, sans vous en apercevoir, vous m'avez appelé, j'ai donc décroché puis j'ai vécu toute la séance en direct.

Je suis anéanti.

Quelques semaines plus tard, je découvre des clichés d'Epolas très sophistiqués, qui feront l'objet d'un livre, en allant voir des photos de Marie sur le site d'un grand photographe érotique.

Je suis furieux, et je décide de rompre notre aventure sur le moment de cette émotion forte, puis, après réflexion, j'en décide autrement ; il est vrai que notre relation est basée sur la domination. Je l'avais perdu de vue lorsque mon sadisme s'était transformé en masochisme moral.

Je lui téléphone, en colère, puis elle m'informe qu'elle l'a fait par vengeance et me jure sur la tête de ce qu'elle a de plus cher qu'il ne s'est rien passé avec le photographe, (comme si je pouvais être dupe...), alors je lui accorde un sursis et lui fais promettre de me demander l'autorisation, ou tout simplement nous irons ensemble faire des séances photo. Ce qu'elle me promet sans sourciller. Le ver est pourtant dans le fruit et risque fort d'anéantir cette grande aventure.

Le temps passe, l'amour adoucit l'âpreté des mauvais moments, puis elle quitte son travail et son amant.

Je lui découvre souvent des aventures clandestines. J'ai du fil à retordre avec elle. Je mets en place un dressage strict mais sans fin. Je suis son seul dominateur me dit-elle mais se soumet-elle vraiment? C'est une voyouse, elle réagit comme un mec, elle a les fantasmes d'un mec, elle est d'une perversité débordante et adore prendre des risques, être découverte et se faire punir. Epolas mène le jeu à sa manière et cette dynamique me demande une attention de tous les instants. Est-ce vraiment encore un jeu?

La vie parisienne reprend son rythme, la cadence des allers et retours recommence.

Pour une fois son mari l'accompagne, il a organisé un plan pour son épouse, au sujet duquel il ne m'a pas prévenu.

L'homme est raffiné, extrêmement sympathique, ayant compris que la simple vie de couple est extrêmement restrictive, il bouscule la norme, un couple c'est l'alchimie de deux êtres et tôt ou tard cela devient invivable. Il a compris que son épouse aimait vagabonder d'homme en homme, vivre des moments d'exception sans pour autant se séparer de l'homme qu'elle aime, et pourquoi ne pas aimer deux hommes.

Elle partage donc son amour entre lui et moi, je la domine, lui donne des ordres, et elle les exécute.

Enfin son mari aime ce contexte et son exclusion n'est que fictive.

Ce soir-là, ils passent à la Cave déposer leurs valises, me saluent et disparaissent, pour réapparaître quelques heures plus tard.

Je lui demande où elle était, elle m'explique, à genoux, les mains dans le dos, qu'elle s'est fait baiser par quatre noirs dans un square, sous un petit pont, qu'elle les a sucés, qu'elle s'est fait sodomiser copieusement, et qu'ils ont éjaculé sur son corps.

Je ne dis rien et la prends par les cheveux pour la descendre au sous-sol. Je lui arrache ses vêtements, la gifle, l'insulte et la traîne dans la salle de bains.

Je lui mets le tuyau de la douche dans le cul et lui fais le lavement de sa vie.

Je vois son mari derrière la porte qui se branle en regardant la scène.

Je retire le tuyau, un jet d'eau saturé d'excréments jaillit de son cul, je recommence plusieurs fois l'opération avec les commentaires appropriés, je la roule dans ses déjections et je lui pisse dessus.

Elle est dans un état pitoyable, la belle Epolas, allongée dans la merde, déshonorée et excitée par la situation qui lui procure une jouissance cérébrale intense.

L'humiliation était sa recherche et ce à quoi elle avait besoin d'accéder pour se laver de ses péchés.

Je la savonne, la pouponne, la sèche, et la parfume.

Son regard s'illumine, elle me tend ses bras, elle m'embrasse et me dit des mots d'amour.

Je l'aime peut-être encore ma voyouse. La nuit fut agitée.

Le lendemain après-midi, nous rejoignons leurs amis, un jeune couple aussi pervers que nous.

Je leur propose d'aller au cinéma, afin de passer un après-midi de détente avant d'attaquer la soirée. Tout le monde est d'accord, nous voilà partis sur les grands boulevards, la seule information qui manque à ces dames, c'est la nature du film que nous allons voir. Elles sont contentes, pleines de joie, se tiennent par le bras, s'arrêtent devant les magasins, font des commentaires, des petites nanas contentes d'être là et de vivre ces moments simples et joyeux.

– Mesdames nous sommes arrivés.

Elles se retournent.

– Oui, c'est ici.

Nous sommes devant un cinéma porno, les têtes changent.

– Cinq places, monsieur.

Nous pénétrons dans la salle obscure, il y a beaucoup de monde, nous cherchons cinq places, nous avons de la chance, les seules places libres se trouvent bien évidemment au premier rang, nous nous installons, les pupilles se dilatent, nous commençons à apercevoir les spectateurs, que des hommes, ils ont leurs regards braqués sur nous.

La salle est très jolie, une salle ancienne avec une estrade, des marches pour y accéder et en retrait l'écran où passe le film porno.

– Epolas, vous allez me faire un strip-tease sur la scène.

– Ô non monsieur.

– Madame c'est un ordre.

Elle se lève, je la précède, et reste en faction dans le couloir, elle monte sur la scène, retire son manteau, le jette à terre et commence son déshabillage, pas un mot dans la salle, les spectateurs sont médusés, plusieurs se lèvent pour voir le spectacle de plus près, les images du film se posent sur son corps nu, elle se branle devant tous les hommes.

D'un signe, je la fais descendre de la scène et lui donne l'ordre de sucer la première rangée de spectateurs, ils sont comme des fous. Je vais chercher sa complice du moment puis lui ordonne de se déshabiller sur la scène, le cinéma est en ébullition, Epolas est assise sur la bite d'un homme, en suce un autre, et branle avec ses deux mains deux autres individus, sa copine se fait prendre en levrette et suce un petit mec, c'est incroyable.

– Stop messieurs.

Un homme vient très gentiment vers moi et me demande :

– Vous avez envie de me faire fermer mon cinéma ?

Je comprends que l'information que l'on m'avait donnée est complètement fausse. Il y a quelques semaines un homme m'avait expliqué que, dans ce cinéma, il se passait des gangs bangs dans l'après-midi.

Suite à mon explication, le propriétaire de l'établissement a très bien compris, et nous a congédiés fort sympathiquement, ce fut quand même un grand moment.

Je suis à la gare, j'attends ma voyouse.

C'est une très belle journée, le scénario que j'ai plagié est assez amusant, et pervers. Je souhaite lui faire revisiter une partie de son passé, avant d'entrer en soumission à mes côtés.

Madame a le sourire, nous quittons le parking de la gare. Nous arrivons en proche banlieue devant un hôtel. L'air doux nous apporte une certaine sérénité et un plaisir à nous retrouver.

Je me gare brusquement sur le bas-côté. Le feuillage n'est pas suffisamment dense et me permet d'avoir de visu l'ensemble des fenêtres de l'hôtel. Je lui tends un téléphone et lui dis :

– Madame, voici un téléphone, il sera l'accessoire qui vous permettra d'être en liaison avec moi. À partir de maintenant il ne quitte plus votre oreille. Je vous donnerai des ordres que vous exécuterez. Vous avez rendez-vous chambre 203 ; avant de frapper à la porte, mettez votre bandeau.

De ma voiture je vois la chambre, mon ami me fait signe qu'elle frappe à la porte.

Je l'appelle :

– Madame, vous allez vous comporter comme une pute, et faites-moi des commentaires au téléphone. Dans votre sac, il y a une caméra, demandez à votre client de la mettre en fonctionnement afin que je puisse avoir de belles images.

Je l'entends expliquer à mon ami mes désirs, et fouiller dans son sac pour lui donner la caméra.

– Déshabillez-vous.

– Oui monsieur.

J'entends le froissement des étoffes qui sont manipulées et qui glissent sur sa peau dorée pour qu'elles ne fassent plus rempart aux assauts de son client. C'est très excitant.

– Madame, faites-lui une fellation.

– Oui monsieur.

– Je peux vous sucer monsieur.

– Alors mets-toi à quatre pattes salope, lui ordonne l'homme.

Le micro est près de sa bouche, la transmission du son est fantastique.

Des images viennent dans mon esprit, mélange voluptueux du passé et de ce présent intense.

– Sa bite est-elle bien dure madame ?

– Oui monsieur.

– Alors mettez-vous en levrette sur le lit et demandez-lui de vous enculer.

Je devine son déplacement vers le lit. Elle n'a plus aucune volonté. Je suis devenu sa pensée, son guide pour vivre à nouveau son fantasme de catin.

– Enculez-moi monsieur.

Un cri de douleur retentit, aussitôt suivi de coups de butoir qui résonnent à mon oreille.

Je sais qu'elle adore être prise de cette façon. Elle aime se sentir violée, se faire déchirer le cul, son plaisir sera encore plus intense.

– Parlez-lui salope.

– Défonce-moi le cul, vas-y, bourre-moi bien, je suis une traînée, allez défonce, j'aime ça.

Les paroles se transforment en petits cris puis en hurlements de jouissance, je la laisse prendre du plaisir ; de mon côté, je bande comme un fou, je ne peux pas sortir mon sexe turgescent, il y a trop de monde sur le trottoir.

L'excitation qui monte en moi m'électrise et la tension contenue dans mon pantalon est une délicieuse poussée.

Les minutes passent, le mec jouit, mon bas-ventre tressaille.

– Madame, demandez-lui la capote pleine de foutre.

Elle exécute mes ordres avec diligence et délectation.

Elle s'adresse à nouveau à moi, le ton dépité et déçu :

– Il ne veut pas monsieur.

Je saisis la teneur du refus de mon ami et exhorte Epolas à se laver avant de me rejoindre.

La voilà de retour, souriante.

– Alors, madame, il n'a pas voulu vous donner la capote pleine ?

– Non, il m'a expliqué qu'il avait peur d'une autre utilisation.

Ma seule déception aura été qu'elle ne ramène pas son trophée. Toutefois cette démarche de la part de mon ami me laissait l'impression d'une marque de sérieux de sa part.

Nous prenons le boulevard périphérique, sortons porte de la Chapelle.

Je stoppe ma voiture à nouveau, devant un hôtel discret.

– Madame vous avez rendez-vous chambre 426.

– Oui monsieur.

Je la suis des yeux, s'acheminant vers ce nouveau lieu de lucre et m'abandonne à imaginer le frottement de son entrecuisse déjà humidifié par la promesse de cette nouvelle scène.

Je connais l'homme, il est d'une perversité incroyable, il est adipeux, mal rasé, le crâne dégarni, vraiment tout ce dont elle a horreur.

Je téléphone pour mettre notre système en marche, ça décroche automatiquement, il l'a déjà prise en main, je l'entends la traiter de salope et lui demander de le sucer, puis le déclenchement de l'appareil photo retentit.

– Allez, suce-moi petite pute, pompe-moi bien la bite, voilà, c'est bien, allez encore, oh oui c'est bon, crache-moi sur le gland comme les putes.

Je l'entends cracher. Elle se comporte comme une vraie catin ma petite Epolas.

– Maintenant lèche-moi les couilles, allez, j'ai la permission de ton maître.

– C'est exact Epolas, lui dis-je pour renforcer sa sensation qu'elle n'est qu'un jouet sexuel pour cet homme qui la rudoie.

– Prends mes couilles dans ta bouche, doucement, doucement passe ta langue autour, oui c'est bon, branle-moi en même temps, voilà c'est très bien, allez plus vite, oh oui c'est bon, oh ! oh ! stop je vais jouir salope. Allez maintenant lèche-moi le cul.

– Oh non !

Elle se braque, face à ses limites.

– C'est un ordre madame.

Un silence vient ponctuer ma phrase puis elle me répond :

– Oui monsieur.

C'est la reddition.

Je ne sais pas dans quelle position il se trouve, mais cela a l'air vraiment de lui plaire.

– Ah tu es vraiment une salope, continue, ne t'arrête pas quand je parle, écarte-moi bien le cul avec tes mains et lèche.

– Crachez-lui dans le cul, Epolas.

Je l'entends racler au fond de sa gorge, et un bruit de crachat terrible retentit.

– Salope ! s'exclame le type, encule-moi avec ta langue petite pouf.

Je l'entends se déchaîner, son souffle est court, ça gargouille de partout dans le micro, je la connais ma soumise, elle est longue à partir dans le crade, mais une fois partie, rien ne l'arrête.

— Fous-toi en levrette, je vais t'enculer.

J'écoute le bruit de la boîte de capotes, le déchirement de l'emballage du préservatif, Epolas qui doit se positionner, et un grand cri de douleur.

—Ah tu en veux de la bite, alors en voilà !

Elle commence à gémir, à grogner.

— Il vous démonte le cul salope.

— Oh oui monsieur, c'est bon.

Les minutes passent. Les corps se déchaînent et s'imbriquent inexorablement.

— Epolas vous allez lui demander qu'il décharge sur vous.

— Mon maître demande que vous déchargiez sur moi.

— Bien sûr salope, alors mets-toi sur le dos, et parle-moi pour m'exciter.

— Branle-toi salaud, regarde, j'écarte mes cuisses de pute, et je branle mon clito, allez dépêche-toi, mon maître m'attend, j'ai encore des mecs à baiser.

— Tiens, prends ça dans la gueule, oh ! tiens encore, tire ta langue, voilà, encore une petite giclée, débarbouille-toi bien la figure, je veux en voir partout.

— C'est bon madame ?

— Oh ! Oui je suis pleine de foutre.

— Allez dans la salle de bains, mettez-vous dans la baignoire, et demandez-lui de vous pisser dessus.

Dans un gémissement peu convaincu elle me répond :

— Oh non monsieur.

— C'est un ordre madame.

— Mon maître vous demande si vous pouvez me laver à l'urine.

Je l'entends qui se déplace.

– Epolas, retirez le Bluetooth, posez-le dans un endroit sûr.

– Oui monsieur.

Le son est moins bon, mais j'entends le jet d'urine, puis la douche se mettre en route, et ses ablutions terminées, elle remet son écouteur :

– Vous êtes là, amour ?

– Oui madame. C'était bon ma voyouse ?

– Oui, mon cœur.

– Alors maintenant vous pouvez retirer le bandeau, saluer le monsieur et je vous attends.

– J'arrive mon cœur.

Je suis devant l'hôtel, elle s'engouffre dans ma voiture tout en se serrant contre moi, et nous nous dirigeons vers un autre endroit.

En chemin, je lui demande :

– Beau mec madame ?

– Vous êtes un voyou.

Puis elle éclate de rire.

– Je suis vraiment une salope.

– Oui madame.

Nous nous dirigeons vers la porte de Saint-Cloud, sans qu'elle sache bien évidemment ce qui l'attend.

Pourquoi la porte de Saint-Cloud, eh bien c'est tout simplement le seul hôtel que j'ai trouvé se rapprochant le plus de ce scénario élaboré par son ancien maître, monsieur M., qui lui avait fait vivre cette aventure.

Au début de notre rencontre, Epolas m'avait communiqué toutes ses messageries avec les codes d'accès. Malgré son autorisation, je n'y allais jamais, puis un jour de colère, comme cela arrive fréquemment, je me suis mis à lire et découvrir ses aventures dont celle-ci qui m'a inspiré.

Je la dépose devant l'hôtel : « Madame, je vous ai réservé une chambre dans cet établissement, au premier étage, côté rue, au nom de monsieur XXX ; vous allez vous y rendre, dans cinq minutes je vous téléphone, le temps de trouver une place pour ma voiture.

– Oui monsieur.

– À plus tard madame.

Un ami m'avait réservé une place juste en face de l'hôtel, il attendait dans sa voiture que je vienne en fait prendre sa place et ensuite me rejoindre dans la voiture afin d'effectuer quelques photos.

Je lui téléphone, ça décroche automatiquement, dans le scénario de M. il n'y avait pas de téléphone, ce qui variait légèrement de son expérience passée.

– Madame, vous allez ouvrir le double-rideau, et ensuite vous mettre entièrement nue.

– Je suis nue monsieur.

– Maintenant mettez-vous à la fenêtre, comme si vous regardiez passer les voitures. Dans la seconde, elle apparaît, mon photographe prend quelques clichés au téléobjectif, quelques passants la voient nue.

– Maintenant ouvrez la fenêtre.

– Oui monsieur.

La fenêtre s'ouvre laissant apparaître toute sa nudité.

– Très bien, vous pouvez refermer la fenêtre. Maintenant Epolas vous allez vous mettre le bandeau et en position de levrette devant le lit ; un homme va venir vous honorer, par contre, avant, je l'ai chargé de vous donner dix coups de cravache.

– Bien monsieur.

L'homme à qui j'ai confié cette tâche est un très beau black, impressionnant de carrure, pratiquant le décathlon au niveau international. Pour ce qui est de la cravache, je pense qu'il doit être d'un niveau débutant, car je ne l'ai pas beaucoup entendue crier.

L'important me semble ici qu'Epolas effectue son pèlerinage au plus près.

– J'aimerais, madame, que vous le suciez.

– Oui monsieur.

Des crissements de déplacements me sont transmis dans mon téléphone.

– Oh ! là.

– Que se passe-t-il madame ?

– Sa bite est énorme monsieur. Je ne peux pas la mettre dans ma bouche.

– Eh bien léchez-la ma petite chienne.

– Oui, mon maître.

Je l'entends et l'imagine lécher cette énorme queue.

– Allez, branlez-le bien, faites-le bien bander.

– Elle est déjà dure, monsieur, c'est incroyable, c'est un monstre.

– Alors mettez-vous sur le lit, sur le dos, les bras en croix, et demandez-lui de vous baiser.

– Viens sur moi, baise-moi, regarde. J'écarte les cuisses.

Je l'écoute prendre du plaisir, son souffle s'affole, les petits cris de jouissance, puis...

– Oh ! Le salaud, il m'encule, oh ! là là. Elle me défonce monsieur, elle est énorme, je sens ses couilles, c'est un poteau cette bite, etc.

– Madame vous m'attendez dans votre chambre.

Je monte dans la chambre, l'énorme black sort de la douche, nous salue. Epolas le regarde, impressionnée, elle qui est aussi une grande sportive est en admiration devant le corps de cet homme. Après la douche de madame nous repartons tranquillement vers la Cave.

Sur le chemin du retour, nous avons beaucoup parlé de la soirée, et je m'attendais à ce qu'elle me parle de la phase finale. En me disant qu'elle avait déjà vécu ce genre de plan. Eh bien non. Peut-être pour ne pas m'embarrasser, ou pour éviter une discussion.

Il n'en reste pas moins surprenant qu'apparemment elle ne se pose aucune question.

Elle ne parle jamais de l'aventure avec ce monsieur M., ce fut un moment très fort dans sa vie de soumise.

Elle m'a raconté quelques situations sans trop de détails, il était très dur sur la discipline, les punitions étaient très sévères, il la cravachait durement, les plans étaient très élaborés et très hard, et bien évidemment, il la baisait, et elle le suçait.

Elle a des photos, et trouve toujours un prétexte pour ne pas me les montrer.

À plusieurs reprises, je lui ai demandé de le rencontrer, pour le connaître et pourquoi pas partager notre plaisir, elle n'a jamais donné suite.

Je reste persuadé que c'est un très bon dominateur. Je pense savoir pourquoi elle ne désire pas que je le rencontre. C'est beaucoup plus un problème de fierté. Il y a quelques mois, chez des amis, nous parlions d'un sujet très précis.

Mes amis me disent connaître sur ce sujet un monsieur qui est dans ce métier, un domaine vraiment très particulier. Je fais le rapprochement avec l'homme qu'elle m'a d'écrit.

– C'est de monsieur M. dont il s'agit ?

– Vous le connaissez ?

– De nom, il dominait Epolas, avant moi.

– Alors ça, c'est incroyable.

Et la conversation démarre :

– Il est venu chez nous, il m'a fait ça...

– Vous avez des photos ?

– Bien sûr.

On se dirige vers l'ordinateur, et là je découvre monsieur M. sous toutes ses formes.

La vraie preuve que la domination est une affaire psychologique et très loin du physique, ou de la différence d'âge, tout est lié à la qualité du dominant.

La relation avec monsieur M. s'est arrêtée à cause de ses grands déplacements.

Nous voilà de retour à la Cave. Après une petite douche, je l'emmène dans un grand restaurant parisien situé à côté de la place de la Bastille.

Je l'ai habillée d'une robe rouge, façon danseuse de flamenco espagnol, cette robe est très courte. Sur un côté, elle laisse apparaître le haut de ses bas. Le garçon nous place, je lui retire son manteau, la salle braque ses yeux, nous prenons notre repas.

Avant le café, je lui ordonne d'aller aux toilettes, elle se dirige vers les toilettes situées au sous-sol, il faut traverser une partie de la salle de restaurant, puis descendre les escaliers, elle assume pleinement ce genre de situation, adore se montrer, se faire prendre en photo, s'exhiber, elle sait qu'elle est très joliment habillée, c'est son côté narcissique.

Le temps passe, cinq minutes, dix puis quinze et elle réapparaît toute pimpante.

– Eh bien madame il y avait du monde ?

– Non monsieur, en fait quand je suis entrée dans la cabine, je me suis aperçue qu'il y avait une glace juste en face, au-dessus des lavabos, alors j'ai laissé la porte ouverte. Je me suis mise entièrement nue, puis je me suis branlée comme une petite chienne.

– Vous avez joui ?

– Eh bien oui monsieur. Il y avait du monde.

Apparemment la cabine un peu plus loin était fermée.

– Vous êtes vraiment d'une perversité incroyable, vous passez votre temps à vous masturber. Quand je pense, l'autre jour dans le train, au beau garçon qui en face de vous s'allonge sur la banquette pour se reposer. Il vous vient l'idée de soulever délicatement votre jupe, et de vous branler. Quelques minutes après avoir joui vous m'avez téléphoné, pour me raconter et me décrire la scène. J'imagine le jeune homme découvrant votre main entre vos cuisses sous la table du TGV, en train de vous caresser. Supposons qu'il découvre votre masturbation ?

– Eh bien j'assume. Rien de plus facile, nous serions allés dans les w.-c.

– Vous êtes incroyable, vous venez de vivre un week-end de folie et il vous en faut encore. L'autre jour, sur ma moto, en arrivant à la Cave, vous avez éclaté de rire, et là encore vous m'avez expliqué que vous vous êtes masturbée tout le long du chemin ; à voir les traces sur la selle, cela devait être très bon ma petite salope.

– Oui, mon amour de maître. Vous savez, depuis que vous m'avez fait cadeau du petit L, je fais souvent une pause vibro dans la journée, je pense à vous, à mes phantasmes, et hop ! Un petit voyage vers la planète jouissance.

– Vous êtes vraiment une nympho.

– Ah non ! J'aime baiser mais je sais aussi m'abstenir.

– Quand je vous traite de nympho ça vous met en colère.

– Oui.

– L'autre jour, au restaurant, les serveurs qui s'asseyaient à tour de rôle autour d'une table où apparemment ils se relayaient pour manger afin d'assumer un service tardif, se sont régalés en découvrant votre petite chatte. Les cuisses très largement écartées, je vous donnais des ordres et vous m'expliquiez, le plus discrètement possible, le manège des serveurs venant manger ou se désaltérer à la meilleure place.

J'ai aimé quand le garçon m'a apporté l'addition.

– Voici, monsieur, j'espère que vous avez passé une agréable soirée.

– Oui monsieur.

Et la petite phrase qui tue :

– La vue était bonne.

– Oui, monsieur, dit-elle, rouge de honte.

– Il l'a raconté à ses confrères, car en partant ils nous ont vraiment tous regardés d'un air d'envie.

– Et le jour où vous m'avez invitée à dîner porte Maillot.

– Un très chic restaurant, je vous avais confectionné une robe qui était entièrement ouverte sur le devant, elle tenait uniquement par la partie qui réunit les bonnets du soutien-gorge ; à l'intérieur de cette robe, j'ai cousu un panneau de lamelles en argent. En position d'arrêt la robe était très stricte, et lors de vos déplacements, elle devenait indécente, on découvrait votre nudité intégrale. Là aussi je vous ai fait faire une petite halte aux toilettes, il fallait monter un étage. Ce qui était intéressant c'était la descente, elle fut extraordinaire, surtout au croisement du serveur avec son plateau, j'ai cru qu'il allait faire une chute, les regards de la salle étaient tous braqués vers vous, c'était vraiment magnifique. Et malgré tout ce que je vous fais vivre, il faut que vous soyez toujours en quête de nouvelles aventures sexuelles.

– Eh oui monsieur, dit-elle, comme verdict net de son incommensurable besoin de prouver qu'elle n'est pas que pour un seul.

Il est tard, nous rentrons tranquillement à la Cave. Je la fais descendre, la déshabille, et je la suspends au lustre, emmaillotée dans des chaînes aux maillons qui scintillent dans la lumière. Epolas est superbe dans son carcan qui brille de mille feux. J'en prends plein les yeux. Ses jambes sont écartées, laissant apparaître son sexe délicatement épilé, et ses trois petits anneaux. Je lui introduis un gode de ma fabrication, un appareil qu'elle affectionne tout particulièrement, deux boules placées l'une derrière l'autre avec un angle très particulier.

Comme toutes les femmes, elle adore la pénétration et la recherche du point G. L'appareil lui donne cette sensation, à chaque entrée et sortie d'une des deux boules, pendant que l'autre recherche le point de jouissance, et pour sublimer l'ensemble, j'agace son petit clitoris avec le petit L. La recette est impressionnante, elle hurle de plaisir, elle pisse, elle crie, se débat dans les chaînes. La séance est courte mais très intense. Une petite douche puis au lit, je suis toujours le premier dans le lit, il est vrai qu'une femme se pouponne, avant d'aller dormir. Je l'attends, me prépare, et lui saute dessus dès qu'elle entre dans le lit, j'aime la prendre en levrette, la baiser, la sodomiser, c'est mon Viagra, elle m'excite, pourquoi elle ? Alors qu'il en défile chez moi des dizaines. Elle ment, elle me trompe, elle fait ses plans baise seule. Je découvre ou l'on me raconte ses exploits, cela me met en colère, je la licencie, je la reprends, je la hais, je l'aime, je lui pardonne, nous sommes les voyous du sexe. On n'est jamais comblés, nous sommes toujours en quête de nouvelles expériences qui seront l'écrin de nos sensations, je comprends son délire. Je l'entends dans ses moindres soupirs, son corps est en lien direct avec mon esprit et je transforme le léger frisson d'une image en réalité pour elle. Cela serait si simple de confier à l'autre ce qu'il envisage ou ce qu'il va faire, eh bien non, on le fait en cachette pour ne pas faire de peine à l'autre, et à chaque fois c'est la catastrophe. J'aimerais tant être dans la confidence de ses exploits sexuels, jaloux oui je le suis, c'est évident.

Furieux de subir l'impossible maîtrise de sa peur, elle m'amène sur la pente qui transforme nos jeux en réalité d'une banalité douloureuse. Ce n'est pas d'un couple au sens classique qu'il s'agit mais d'un duo nécessairement en équilibre précaire pour que la voyouse fasse pendant à son voyou. Ces hommes l'éloignent de l'univers que nous partageons alors que son mari en fait pleinement partie et en est le garant par son extériorité apparente.

Certes, nos jeux sont dangereux: notre amour est très particulier, c'est un amour d'intérêt, l'un donnant, et l'autre apportant beaucoup de plaisir à l'autre, et vice-versa, elle ne supporte personne autour de moi, on ne touche pas à son maître. C'est un combat permanent, je sais qu'un jour cela se terminera; forcément, à ce petit jeu, elle en trouvera un autre, et moi une autre, je ne veux surtout pas être le dernier, c'est pourquoi je la vire sans arrêt, c'est la lutte.

Il faut reconnaître que nous, les dominateurs, dès que nous possédons une soumise, elle doit obéir, nous avons le sentiment d'appartenance, elle devient notre objet, notre chose, en fait on ne lui laisse aucun champ de libre, nous sommes vraiment incorrigibles. Peut-être y a-t-il une part d'Epolas qui reste obscure pour moi. Le malentendu devient le castrateur de notre béatitude siamoise.

⚜

Les instants où tout bascule arrivent toujours trop vite. On a beau hésiter, se morfondre, s'emporter, s'indigner, se passionner, espérer, lorsque le temps du choix est là, on le pressent dans le poids qu'il aura dans notre futur. Ces instants d'ailleurs, chaque mot qui les emplit devient un rouage de la machine implacable du choix décisif. Je reçus ces mots sur mon téléphone comme autant de couperets qui m'éloignaient définitivement d'elle :

– Je me suis allongée sur le parquet au pied de mon lit, les cuisses largement ouvertes pour exhiber ma chatte devant vous comme une belle salope. Puis j'ai mis en marche le vibro sur mon clitoris déjà tout gonflé d'excitation. Des spasmes incontrôlables ont envahi mon bas-ventre, mon sexe gorgé de cyprine n'était plus que jouissance, laissant échapper un filet d'urine sur le parquet. Ensuite je me suis mise à quatre pattes pour lécher cette petite flaque de plaisir. Je vous aime, Régis.

Je réponds :

– Vous vous êtes trompée de touche sur votre téléphone, madame.

Un froid glacial envahissait mon cœur et laissait place, pour un temps, à un vide abyssal.

– Une touche pour balayer une grande histoire d'amour. Je suis triste madame.

Tristesse bien sûr de sentir que l'on referme la porte de ces rêves éveillés, de ces fantasmagories partagées et de se rendre compte qu'ils s'inscrivaient dans un temps imparti et qu'ils ne constituaient pas une éternelle jouissance.

L'humanité me rattrape et me nourrit aussi de ces merveilleux souvenirs qu'Epolas m'a permis de conter ici.

Belle Epolas est celle qui, passée de l'autre côté du miroir, porte l'anagramme de ce terme (salope) si péjoratif comme emblème de nos faits d'armes. Je fus son seigneur, son faiseur de rêves, son accoucheur de féminité.

Epolas est mon double féminin, ma muse qui pendant ce temps a vibré et m'a fait vibrer dans ce monde obscur et étincelant des jeux de domination et de soumission.

Même si ce n'est plus elle aujourd'hui que j'attends, elle est à jamais gravée dans mon âme et mon cœur. Estropié pour un temps, il gardera les stigmates de cette belle rencontre avec une femme, une voyouse certes, mais une femme avant tout.

FIN

Une pensée pour Peggy
et à mon homonyme.

Du même auteur

Le Journal d'un Maître

Tabou Éditions, Janvier 2013

Dans la même collection

Le Foutre de Guerre
Son Excellence Otto

SexReporter
Ange Rebelli

Les Seigneurs
Virgil Auneroy

Priapées
Françoise Rey et Patrick Barriot

Esse
Alexandre Gamberra

Comment je me suis tapé Paris ?
ou l'origine de la misère
Arthur Vernon

La pâle heure sombre de la chair
Julie-Anne de Sée

Correspondance charnelle en gare du désir
Clara Basteh

Achevé d'imprimer en Union Européenne
sur les presses de l'imprimerie Color Pack,
en Février 2015.
Dépôt légal : 1er trimestre 2015